PÁGINAS SEM GLÓRIA

A marca FSC® é a garantia de que a madeira utilizada na fabricação do papel deste livro provém de florestas que foram gerenciadas de maneira ambientalmente correta, socialmente justa e economicamente viável, além de outras fontes de origem controlada.

SÉRGIO SANT'ANNA

Páginas sem glória
Dois contos e uma novela

COMPANHIA DAS LETRAS

Copyright © 2012 by Sérgio Sant'Anna

Grafia atualizada segundo o Acordo Ortográfico da Língua Portuguesa de 1990, que entrou em vigor no Brasil em 2009.

Capa
João Baptista da Costa Aguiar

Foto de capa
José Medeiros/ Acervo Instituto Moreira Salles

Preparação
Márcia Copola

Revisão
Márcia Moura
Adriana Cristina Bairrada

Os personagens e as situações desta obra são reais apenas no universo da ficção; não se referem a pessoas e fatos concretos, e não emitem opinião sobre eles.

Dados Internacionais de Catalogação na Publicação (CIP)
(Câmara Brasileira do Livro, SP, Brasil)

Sant'Anna, Sérgio
    Páginas sem glória : dois contos e uma novela / Sérgio Sant'Anna. — 1ª ed. — São Paulo : Companhia das Letras, 2012.

ISBN 978-85-359-2144-1

1. Contos brasileiros 2. Ficção brasileira I. Título.

12-07394   CDD-869.93

Índices para catálogo sistemático:
1. Contos : Literatura brasileira 869.93
2. Ficção : Literatura brasileira 869.93

[2012]
Todos os direitos desta edição reservados à
EDITORA SCHWARCZ S.A.
Rua Bandeira Paulista, 702, cj. 32
04532-002 — São Paulo — SP
Telefone (11) 3707-3500
Fax (11) 3707-3501
www.companhiadasletras.com.br
www.blogdacompanhia.com.br

Sumário

Entre as linhas, 7
O milagre de Jesus, 28
Páginas sem glória, 71

Entre as linhas[*]

Eu estava sentado numa poltrona, ela num sofá, diante de mim. A nos separar, uma mesa baixa, sobre a qual havia uma jarra com mate, um balde com gelo, e dois copos. Em suas mãos, as páginas impressas com a pequena novela que eu concluíra havia cinco dias e lhe enviara por e-mail, pedindo que ela a lesse o mais brevemente possível. Tão logo o fez, convidou-me a ir ao seu apartamento naquela noite de segunda-feira. De todos os meus amigos e amigas era nela que eu mais confiava para emitir um juízo crítico organizado, e nem por isso frio, sobre o meu trabalho. E, de fato, entre as linhas do meu texto, ela fora rabiscando outro texto, que lhe servia de base para o que ia me dizendo, embora, evidentemente, não se impedisse de formular outros pensamentos ali mesmo. Ela me pediu que só a interrompesse quando julgasse absolutamente necessário, pois, definitivamente, não queria entrar em discussões comigo, e sua fala devia fluir

[*] Este conto foi publicado na antologia *A literatura latino-americana do século XXI*, organizada por Beatriz Resende (Rio de Janeiro: Aeroplano, 2005).

com toda a liberdade. Para não perder nada do que ela dissesse, eu levara um gravador, que deixara ao seu lado, no sofá. Por três vezes, ela teve de parar, para que eu trocasse a fita no aparelho. E cada um se levantou para ir ao banheiro uma vez. À parte esses intervalos necessários, não a interrompi em momento algum, pois me fascinava de tal modo o texto que ela ia pronunciando, que essa peça crítica — e, por que não dizer?, também literária e até poética — terminou por tomar, com retoques meus de acabamento, o lugar de minha novela, tornando-se um novo produto que deve ser debitado a nós dois, como se poderá conferir pelo seu resultado. Pois, se a maior parte das palavras do texto final foram ditas por ela, não poderiam existir sem a obra que lhes deu origem, e, muitas vezes, com ela até se confundem.

— Não sei, esse lado seu sombrio, até mortífero — ela disse. — E essa busca sua por demais intencional de beleza, como se isso o redimisse de tanta morbidez e melancolia. Como se você fosse, antes de tudo, um descritor de cenários, sensações e composições — ela disse. — Essas flores que você chama de noturnas pendendo de um vaso na pequena sala do apartamento; a representação de um quadro e de uma gravura, no quarto e na sala; o crucifixo na parede sobre a cama de Pedro; de frente para ele, na outra parede, o quadro com Viviane nua, mas com o seu corpo decomposto em signos do seu sexo — ela disse. — Mas como se você fosse também, repito, um descritor de sensações. O cheiro que Pedro julga sentir da maresia, embora a praia esteja a dois quarteirões de distância do seu edifício; ou mesmo o rumor, ao longe, das ondas quebrando na areia, que ele tem a impressão de escutar — ela disse. — Uma beleza talvez suspeita e aliciante, como a música, dessas que tocam nos carrosséis, que às vezes assoma à mente de Pedro, correspondendo ao que está impresso na gravura da sala, com o garoto sentado sobre o cavalinho que estará girando, girando, subindo e descendo.

— Mas me parece, sobretudo, que há todo um desperdício de Copacabana, pois Pedro trata quase sempre de interiores — ela disse. — Mas bastaria a ele descer à rua para estar com as pessoas, muitas pessoas, e com os acontecimentos, desde os mais prosaicos e banais do cotidiano até uma súbita explosão de violência. Bastaria a Pedro entrar em qualquer um daqueles botequins, onde todos se misturam, conversam e bebem diante do balcão, para que ele dispusesse de uma galeria de personagens. O modesto balconista de um desses botequins já viu muito mais coisas na vida do que você, Fernando, ou o seu personagem Pedro. Bom, está certo que Pedro observa a vida em outros apartamentos, como, por exemplo, a velha senhora no edifício em frente, que assiste à TV de madrugada com o cachorro adormecido ao seu lado no sofá; o casal que trepa, descuidadamente, visto como vultos iluminados apenas pela luz indireta que vem de outro aposento, o homem possuindo a mulher de bruços. E Pedro sente ao mesmo tempo fascínio e repulsa diante daquela força bruta e selvagem do instinto (*ela riu*). "Força bruta e selvagem do instinto", faça-me o favor — ela disse. — E por que, me diga, ele é acometido, logo depois, pela certeza de que alguém já terá saltado da janela de um edifício próximo, talvez até do prédio dele, Pedro? Por que essa associação imediata do sexo com a morte? E na tela interior de Pedro, e depois na tela do seu computador obsoleto, as palavras que descrevem o cadáver de um homem coberto por um plástico, com duas velas ao lado, cujas chamas o vento extinguiu. E, no entanto, Pedro julga sentir o cheiro da cera derretida e, por algum motivo, pensa nisso como uma sensação quase mística, obedece a um lado dele que é taoísta, esse cheiro imaginário perdido no espaço. Pois o Tao, ele sabe, são todas as coisas, mesmo as projeções de um homem angustiado e deprimido.

— Mas me incomoda, principalmente, que Pedro saia por instantes de si mesmo, para, como se estivesse no edifício em frente, ver a si próprio diante do computador. Pelo amor de Deus, que história mais gasta, essa de um escritor angustiado diante da página ou da tela em branco, que ele pode preencher como quiser. Ou melhor, como conseguir — ela disse. — E que coisa horrível que ele inscreva nela o cadáver de um suicida na calçada. Aliás, me incomoda até, e muito, que a literatura seja tema da literatura, que o protagonista de uma obra seja um escritor, levando a maior parte do tempo uma vida tão solitária e mortificante, escrevendo a duras penas um livro sempre na iminência do fracasso, num processo contínuo de autoflagelação. Você corre o risco de o leitor perguntar: por que ele não para com isso de uma vez e vai fazer outra coisa? — ela disse. — Mas, vá lá, você não deixa de explicar: diante do fracasso em outros campos da vida, dois casamentos desfeitos e sem gerar filhos; um homem sem profissão definida, mal sobrevivendo de *freelances* da escrita, como revisões e traduções, não é de admirar que ele coloque todas as suas fichas, ou ilusões, num amor tão particular e na literatura, mas sob a ameaça contínua de perder em ambos, se é que não são indissociáveis em sua novela.

— Sim, porque se ele, Pedro, vive uma paixão ao seu modo por Viviane, sabe que ocupa apenas um determinado espaço e tempo nos sentimentos e interesses dela. E que o único modo de possuí-la toda é inscrevendo-a em sua história, seu livro — ela disse. — Mas, por outro lado, sente que para viver plenamente o seu amor, ser digno dele e de Viviane, tem de realizar bem essa inscrição, justificando-se também aos seus próprios olhos por levar uma vida tão reclusa. Estando completamente inseguro nessa escrita, encontrando dificuldades a todo instante, sente-se quase sempre inferiorizado diante de Viviane. Assim, estamos mais uma vez no reinado da literatura — ela disse — apesar do fato de que é através de Viviane, sua liberdade e alegria, que a vida penetra na vida de Pedro e em sua escrita — e, por que não dizer?, também na sua, Fernando. Através dela e de Misael. E Pedro se vê oscilando entre o seu ciúme e a fascinação por Misael, entre outras coisas porque ele é músico, um excelente músico, e negro. Um fascínio a ponto de ter ido uma noite misturar-se à plateia para vê-lo e ouvi-lo tocar o seu saxofone, juntamente com outros músicos, num palco erguido na praia de Copacabana. E sente inveja dele por exercer uma arte que parece muito mais visceral do que a sua — olha a literatura aí de novo —, da mesma forma que inveja em Viviane seu trabalho de criar e pintar matrizes para estamparias de vestidos, papéis de parede, toalhas de mesa *et cetera*, que lhe permite viver criativamente e com independência — ela disse. — E se Pedro, volta e meia, tem recaídas num sentimento de posse mais ou menos silencioso, inclusive a grande recaída no final da história, sabe que não pode prescindir da liberdade selvagem de Viviane, é ela que o seduz e alimenta — ela disse. — E que seria fatal para a ligação deles tentar privá-la dessa liberdade. Que seria impensável viverem uma vida doméstica a dois.

— E, vá lá, eu até entendo que Pedro queira viver intensamente seus encontros com Viviane, que é um pássaro arisco, como você escreveu — ela disse, com uma entonação levemente irônica. — E também que Pedro procure fazer Viviane sentir prazer e muito, e que assim ela queira tornar a vê-lo. Mas daí a enfeitar uma trepada com belas frases e lirismo — como você fez em determinado momento —, esse negócio de procurar penetrar nos segredos mais escondidos no corpo e no próprio ser de Viviane, para possuí-la inteira, nem que seja por instantes, me parece uma bobagem adocicada.

— Também está tudo muito colado em você, Fernando, ao que eu conheço de você — ela disse. — O modo como Pedro deita a cabeça no regaço de Viviane, nessa mesma ocasião, depois do amor (termo que você usou), sentindo no rosto seus pelos pubianos e contemplando o sexo entreaberto dela para retê-lo na mente, aquela abertura para outro mundo, enquanto faz com que ela lhe acaricie por momentos os cabelos. Desculpe-me a gozação, Fernando, é como se você quisesse literalmente ser profundo. Mas é infantil essa relação com ela, coloca o homem como um ser fraco e dependente. E por que pelos pubianos? Não pode dizer pentelhos como todo mundo? E sexo entreaberto, meu Deus do céu — ela disse. — Está certo que é difícil falar dessas coisas, mas será preciso falar de sexo minuciosamente nas histórias? E não me admira que Viviane logo se impaciente, se levante, acenda um cigarro e logo arranje um pretexto para partir. Aliás, você mesmo deixa claro que para ela gostar de Pedro à sua maneira, é preciso esse entrar e sair à vontade, é preciso que haja outras pessoas na vida dela.

— Mas você também deixa bem claro que "o outro", o verdadeiro rival, que domina a fantasia de Pedro, é mesmo Misael. A um ponto tal que ele chega a tomar coragem e perguntar uma noite a Viviane como é transar com o músico. E quando ela abre um sorriso largo e diz: "Ah, com Misael é outra coisa, Misael é *cool* como a sua música, e, no entanto, muito homem", Pedro se sente mortificado, mas aguenta firme. E sabendo que Misael frequenta a casa de Viviane e convive com a filha dela, Rita, de dez anos, acaba por construir uma das cenas mais belas em sua história. O que quer dizer também da sua, Fernando.

— Essa cena — ela disse — em que Misael está sentado com Rita no sofá, a menina só de calcinha, com a cabeça encostada no ombro dele, enquanto leem juntos um livro de histórias ilustrado. Enquanto a própria Viviane, também só de calcinha, fuma um cigarro e passa um vestido de noite na tábua de passar roupa, ali mesmo na sala. Nessa cena você põe o melhor de você, Fernando — ela disse. — E achei bonito, adequadamente feminino e muito próprio de Viviane, ela estar passando um vestido prateado, que brilha, cintilante. E é também exemplarmente adequado e elegante, como sua música, que Misael esteja usando um terno impecável. Enfim, uma cena de um erotismo apenas sugerido, enternecedor, de que faz parte a menina. Sobre a mesa da sala, a caixa preta que guarda o saxofone. Supõe-se, então, que o músico vá tocar em algum lugar e que Viviane irá com ele. Acho muito sensível da sua parte que você tenha posto Pedro como que amando os outros três, ele que é excluído dessas cenas tão familiares e, na verdade, não se sentiria à vontade nelas — ela disse.

— Mas se Viviane é assim tão vital para Pedro, você não chega a construí-la como uma personagem autônoma, com uma interioridade, pois a narrativa nunca se faz da perspectiva dela — ela disse. — É sempre Pedro quem a está vendo, sentindo-a, imaginando-a. E se por um lado me agrada que Viviane só se mostre por meio de seus atos, seus gestos e palavras, mas sempre diante de Pedro ou em sua imaginação, a gente pode se perguntar: afinal, por que ela vem ali, entrega-se a ele? Mas não sei, talvez você tenha lavrado um tento, deixando que o comportamento dela em cena fale por si, somado ao que sente Pedro, suas percepções — ela disse. — E é bem possível que o leitor deva preencher certos espaços. Pelo menos eu preenchi alguns deles da seguinte forma: Viviane se impressiona com aquele homem se devorando de um modo tão desesperado em sua escrita, como se só pudesse viver através dela, que, no entanto, sofre interrupções, quando ele se dedica ao trabalho com que ganha a vida. E Viviane sabe muito bem a parte fundamental que ocupa na vida dele, e também na sua escrita, apesar dos intervalos em suas visitas. E isso a desvanece e ela cumpre com fervor o seu papel, com toda a autenticidade, não saberia fazer de outro modo. Sabe, também, que por enquanto ele fracassa, em seus próprios termos, e ela percebe o que há de dramático nessa situação, esse homem sempre à beira do abismo, pois poderá não suportar um fracasso definitivo — ela disse. — Então Viviane, que já desfruta de outro ou mais amores sem esse tipo de doença, enamora-se dessa situação-limite, principalmente porque a vive apenas durante o tempo que deseja; Pedro, à parte a cena final, sempre a deixa ir embora em paz, não se torna nunca pegajoso, pois teme perdê-la se exagerar em sua devoção. E, nós sabemos, há um certo modo de ele torná-la sua para sempre, que é construindo-a bem dentro do livro. E é muito importante isso: que ele não se rebaixe, não mendigue o amor dela além do que esse amor é. Então ela se dá com generosidade e acaba por gozar; o que você descreve das trepadas dá margem a que se conclua isso. E se ela logo o deixa, saciada, ou mesmo saturada de tanta intensidade, ansiando por um ar menos rarefeito, chegará o momento em que sentirá vontade, ou uma compulsão, de voltar — ela disse. — Pelo menos é como eu conto a sua história, da perspectiva de Viviane. E, por favor, não me contradiga. Pois, uma vez escrita, a história não mais lhe pertence.

* * *

— Mas a maior parte do tempo o seu personagem é deixado a sós, com suas representações internas e externas, e com os objetos que o rodeiam — ela disse. — Desculpe-me, Fernando, mas eu chego a me perguntar: por que uma pessoa tão inadequada como você para contar histórias foi dedicar-se justamente à ficção? E temos esse crucifixo, frente a frente ao nu de Viviane, na parede do quarto de Pedro. E essa representação plástica de Viviane me parece excessiva, pois ocupa um espaço que o próprio Pedro deve preencher em seus escritos, com as formas do corpo dela que povoam o seu pensamento — ela disse. — Quando temos bons momentos de amor com uma pessoa, ela prossegue conosco, o que em Pedro é ainda mais acentuado por causa do livro para o qual transfere, estilizando-os ou não, esses momentos. E o que dá a você, Fernando, uma bonita cena, porque despretensiosa e breve, quando Viviane, sentada sobre o corpo dele, repousa levemente a cabeça sobre o seu peito, como se também ela, subitamente, sentisse necessidade de uma quietude.

— Com o quadro, há talvez uma saturação de Viviane. Está certo que, com esse quadro, você busca realizar mais uma de suas composições. E como quem deu o quadro a Pedro foi a própria Viviane, uma pessoa de gosto apurado, até pela profissão que exerce, não poderia tratar-se, é claro, de uma obra figurativa qualquer, convencional. Que só constrangeria o nosso Pedro, um homem também exigente; interferiria nos seus devaneios e construções eróticas. Então você apela para essa história do pintor alemão que Viviane conheceu em Nova York e que procedeu a uma espécie de decomposição e recomposição de seu corpo nu, usando elementos figurativos, mas também abstratos e geométricos, recursos de fotografia e colagem, propiciando, até com bom humor, a observação de pedaços diversos e às vezes repetidos do corpo de Viviane, mas de um modo que deixa preservada a possibilidade de uma fruição pelos sentidos do observador, uma sensualidade. Enfim, é Viviane revista e realçada, e Pedro gosta do quadro, gosta de tê-lo sempre na sua frente quando está na cama. Mas não terá sido monótono e exaustivo que você tenha tentado criar com palavras uma obra plástica, que é de outra natureza?

— E esse crucifixo, Fernando, que Pedro mantém pendurado na parede atrás da sua cama, bem diante do quadro com Viviane nua? — ela disse. — Esse crucifixo que permite que Pedro disponha frente a frente a paixão e a ascese, o desejo e a sublimação, que constituem a sua vida. E eu me pergunto, Fernando, se você espera encontrar leitores para esses conflitos que beiram o metafísico. Ou se você e Pedro, com uma integridade obstinada, escrevem para si mesmos — ela disse. — Mas pelo menos eu o li, é certo, e não acho desinteressante essa ligação que Pedro mantém com o crucifixo, às vezes como se se oferecesse em sacrifício ao Cristo, entregasse sua sorte a ele, em seus momentos de fracasso e solidão mais agudos, que o fazem sentir-se um pária e um deserdado. Esse Cristo e sua imagem que talvez o desencorajem mais do que tudo a planejar o gesto fatal que algumas vezes ronda a sua cabeça. Desencoraja-o, entre outras coisas, porque Cristo é o fundador da religião em que Pedro foi educado, e que condena os suicidas. Pedro não crê muito nisso, mas talvez nunca pague para ver. Do mesmo modo que, singelamente — e não será o mesmo com você, Fernando? —, não tem coragem de ceder às tentações de invocar forças satânicas para que venham em auxílio de sua escrita nos momentos de malogro mais contundente.

— Mas o que importa, principalmente, é que Pedro herdou

o crucifixo de sua mãe, que às vezes ele pode evocar, quase inadvertidamente, no âmbito daquela imagem — ela disse. — Tendo sido a mãe tão religiosa que jamais pôs em dúvida a sua fé, Pedro admite uma possibilidade, ínfima que seja, de que, em algum lugar fora deste mundo, a mãe, ou a sua alma, esteja em condições de estender o seu manto protetor sobre o filho. Não deixa de ser ridículo, mas é corajoso que você tenha escrito, para Pedro pronunciar, esta oração: "Mãezinha, guie a mão de seu filho, para que ele leve a bom termo o livro que o faça amar a si próprio e que verdadeiramente materialize o seu amor por Viviane, tornando-o digno dele" — ela disse. — Mas eis que nesse momento mesmo, da oração, o amor que se materializa e se torna deveras absoluto da parte de Pedro é o amor por sua mãe, que ele concebe não como aquela que morreu de câncer, aos sessenta e oito anos, mas como a bela mulher, com cerca de trinta anos, cuja fotografia Pedro tem guardada na sua mesinha de cabeceira. Não bastasse isso, ele passa a ansiar, loucamente, que ela lhe apareça, nem que seja em sonho, mas com essa idade que tinha quando foi fotografada. E você também ousou escrever isso, Fernando: que Pedro, numa espécie de transe, um sonho que ele constrói acordado, acaba por visualizar sua jovem mãe no fundo de um espaço constituído por uma peça única e alongada, decorada com estátuas que fazem aquele espaço assemelhar-se a uma espécie de templo. E Pedro se dirige até sua mãe, abraça-a e se vê sem dúvida amando-a como um homem que ama uma mulher que não fosse sua mãe — ela disse, e deu uma risada nervosa. — É tudo tão infantil, sentimental, tão sublimemente subliterário que pode acabar por vencer as resistências de leitores menos sofisticados, ou menos defendidos. Quer dizer, os que tiverem paciência para atravessar esse emaranhado de palavras.

— Sim, esse desejo seu e de Pedro de enternecer os leitores e enternecer-se — ela disse. — Um desejo que se manifesta na gravura com o carrossel, na parede da sala do apartamento. Uma gravura que você usa para expressar sentimentos nostálgicos, líricos, correndo todo o risco de uma sentimentalização barata, traduzida em imagens que, em princípio, só poderiam tocar pessoas de gosto muito ingênuo. No entanto, tocam também Pedro. Mas como seria muito difícil admitir que ele adquirisse uma obra dessas, você apela para o acaso, para o fato de que Pedro já encontrou a gravura ali, deixada pelo inquilino que o antecedeu no apartamento. E não só aceitando esse acaso, como reconhecendo, com uma certa autoironia, mas também sinceridade, o seu sentimentalismo, ele resolve manter a gravura onde estava, obra única em sua sala despojada — ela disse.

— Aquela gravura com um envelhecido estilo impressionista, exibindo o carrossel iluminado à noite num parque de Paris, a cidade mais óbvia de todas, vendo-se ao fundo prédios com a arquitetura típica parisiense e, mais distante, a Torre Eiffel — ela disse. — A gravura ainda com gastos toques suprarrealistas, com figuras como um pierrô e um arlequim montados em dois daqueles cavalos; também, montada num deles, uma mulher vestida como dama da noite, fortemente maquiada, suas coxas muito alvas aparecendo sob o vestido negro. Como se essa dama revivesse, pura, um momento da infância.

— Bem, você deixa claro que um homem sozinho alimenta-se de suas fantasias, o que fará Pedro ver, em determinado momento da novela, no rosto apenas esboçado do homem que movimenta as engrenagens do carrossel, uma palidez excessiva, um ar fantasmagórico, que Pedro sente como sendo o do escritor doentio, mas buscando desesperadamente dar à luz belas figuras. O que faz, ainda, Pedro ouvir interiormente, volta e meia, uma dessas músicas que costumam acompanhar o giro dos carrosséis, e lágrimas às vezes umedecem seus olhos. Mas acontecerá assim com algum leitor? Olha, confesso que comigo, quase — ela disse, e deu uma gargalhada.

— Nesses momentos, como você escreveu, Pedro se transporta à infância, e se vê no corpo do menino de nove, dez anos, em primeiro plano, montado num cavalinho amarelo que sobe e desce, girando, girando, ao som daquela música. É como se as imagens na gravura pudessem mover-se alucinatoriamente, Pedro vê o menino dar a mão à garota, da mesma idade que a sua, que monta o cavalinho vermelho, ao lado. O coração de Pedro acelera, pois ele arrumou uma namorada e queria que o rodar daquele carrossel não terminasse nunca — ela disse. — Por mais sentimental que possa parecer, não me desagrada isso, Fernando, nem sei se literariamente. Comove-me que você escreva essas coisas. Sua novela é uma história de amor, Fernando. Mas é curioso que tão solitária, se se pode dizer assim, e introspectiva.

— E você sempre volta a nos lembrar, Fernando, que estamos no espaço de uma história que Pedro não só vive como escreve. Ambas as coisas fazendo seu coração bater forte, não apenas pelo reconhecimento do risco afetivo total em que vive, mas também pela incerteza em relação ao resultado a que suas palavras poderão levá-lo. É claro que esse coração batendo é também o seu, Fernando, pois se, ao que eu saiba, não há nenhuma Viviane em sua vida, você vive intensamente, como se fosse de verdade, o que escreve. Então, se eu reconto um pouco mais de sua novela, que se aproxima do fim, é para que tudo se torne mais claro até para você mesmo, aliás, para nós dois.

— E eis que, repentinamente, sem preparação alguma para o leitor, ou mesmo para Pedro, tudo se encaminha para um desenlace, pois Viviane vai partir para o exterior, contratada para trabalhar numa firma de *design* em Milão. A fim de evitar maiores sofrimentos para Pedro, deixou para contar isso a ele, pelo telefone, somente uma semana antes da viagem. E marcou com ele um encontro — no apartamento de Pedro, como sempre — para as nove horas da noite que antecede em outras duas noites a sua partida. Como se trata de uma despedida, Pedro cria aquela expectativa de um encontro mais demorado e emotivo. Um encontro que o deixasse, mais do que nunca, com a sensação de que guardaria Viviane para sempre consigo e, quem sabe, deixaria também nela uma marca indestrutível. E ele compra aquele vinho caro, italiano, como que para mostrar que se alegra com aquela viagem que representa para Viviane um salto profissional. Mas como Pedro sabe que Viviane não costuma beber, já não será aquele vinho italiano um indício de um plano ainda nebuloso de retê-la ali por mais tempo, talvez embriagá-la? E ele serve o vinho a ambos e ergue um brinde à saúde dela, ao seu sucesso. E ao do seu livro, Viviane propõe outro brinde.

— Mas Viviane é Viviane e deixa claro, para ele, que ela está ali de passagem, e depois irá a um cabaré na Lapa para dançar, despedir-se de pessoas da noite conhecidas suas. Até convida Pedro para ir junto, mas sabendo, de antemão, que ele não a acompanhará, pois não dança e não quer passar pela situação penosa de ver Viviane dançar e confraternizar com outros homens, enquanto ele ficaria cada vez mais deprimido, abandonado a uma mesa.

— Não deixa de ser natural — ela disse — que nesse momento em que Pedro é ferido pela perda e pelo ciúme, ele se lembre de Misael. E achei interessante ele pensar no saxofonista como uma espécie de cúmplice seu diante da iminência da partida de Viviane, principalmente ao tomar conhecimento de que o músico também não estará no cabaré e que já se despediu dela na noite da antevéspera — ela disse. — Achei bonito que

Pedro tenha achado bonito saber que, naquela outra noite, Viviane foi ver Misael tocar num teatro e que ele dedicou uma composição nova a ela. Uma música em que Misael tentou dizer alguma coisa sobre a passagem do tempo. Uma composição de belos acordes, talvez até comoventes, mas sem nenhum traço de melancolia, foi o que Viviane disse. Disse também que deixou as lágrimas caírem à vontade e, ao mesmo tempo, estava muito feliz. Pedro acha inevitável que mais tarde eles tenham fodido, foi esse mesmo o verbo que você usou, Fernando, aliás, bem usado — ela ri. — Mas, pobre Pedro, ele não consegue deixar de pensar, com inveja, que Misael, com toda a certeza, tem outras mulheres com quem poderá amenizar a perda de Viviane. E que naqueles momentos mesmo em que tocava, havia mulheres ali que o cobiçavam. Enquanto ele, Pedro, só tem Viviane — isto é, uma parte dela — e um trabalho tão solitário e de resultados incertos e ainda por cima ligado a ela. Ainda assim, acha um privilégio a parte que lhe coube.

— Mas Pedro também se dá conta de que não pode desperdiçar esse pouco tempo que lhe resta com Viviane, que, aliás, está elétrica, esfuziante, falando de seus planos para a Itália. Mas logo Pedro tem sua atenção atraída para um gesto de Viviane que o enlouquece de desejo. Levantando o vestido, ela retira da calcinha um embrulhinho de papel-celofane, com maconha em seu interior. E diz, com uma risada, que há um capeta naquele fumo.

— Agora vou lhe dizer, Fernando, me assusta, e muito, todo o medo, ou mesmo o horror, que se abriga em Pedro e que se manifestará quando ele der uns três tapas no baseado. Está certo que algumas pessoas entram em paranoia com maconha e que Viviane o havia advertido do capeta e que Pedro é um sujeito sugestionável. Mas ela disse também, rindo, que o fumo devia estar com o gosto e o cheiro da sua xoxota. Porque para ela é um capetinha alegre, e tão logo ela deu duas tragadas fundas, fez parar aquele CD com composições de Anton Webern — Anton Webern, Fernando, só você mesmo — e põe para tocar um CD de música eletrônica, que você, providencialmente, a fez ter deixado no apartamento dele em outra visita. Viviane começa a dançar na frente de Pedro, e, do decote do vestidinho folgado dela, seus seios saltam, enquanto a todo instante aparece a sua calcinha, exasperando o desejo de Pedro, que, com suas percepções ampliadas pelo fumo, visualiza intensamente a imagem da boceta de Viviane, que ele quer guardar essa noite consigo — sim, Fernando, você, com sua imaginação e sua escrita também intensificadas, ousa dizer, escrever, com gosto, a palavra tão crua: "boceta".

— E quando ele implora, com uma voz que parece sair das suas profundezas: "Fica comigo!", eu vou lhe dizer uma coisa, Fernando, isso me tocou, me fez pensar em quantos milhões de pessoas, pelos tempos afora, já não lançaram esse apelo desesperado: "Fica comigo!". Mas Viviane é sempre Viviane e só pode dizer: "Fico agora, dou para você, mas depois vou para a Lapa. Se você quiser vai junto".

— Mas é óbvio que ele não irá — ela disse. — Em vez disso, passa por sua cabeça aquele plano louco de dissolver um sonífero no vinho de Viviane, quando houver uma oportunidade, impedindo-a de sair. Pois, alucinado por mais dois tapas no baseado, ele passou a fantasiar aqueles horrores para Viviane saindo sozinha do apartamento, tão desprotegida naquela roupinha, pegando um táxi e, ao descer à porta de um cabaré na Lapa, sendo agarrada por dois marginais que a empurram para dentro de um carro e a levam para o meio da mata num morro em Santa Teresa, a estupram e matam. Ainda assim você não abre mão da beleza, volta a estetizar tudo, como se quisesse se redimir desses crimes que acaba de cometer no papel. E de mais quantos crimes soterrados na sua mente? Por que têm tendência a escrever coisas belas os escritores malditos? Pois não será você um deles? Voltando a Pedro, é como se, diante da perda da parte que lhe cabe de Viviane, a punisse por sua vitalidade, coragem e liberdade. Ao mesmo tempo a ama e se preocupa com ela, assim é o ser humano. Mas aquele capeta como que liberou os sentimentos de posse dele sobre ela, antes tão controlados. E não foi à toa que escolheu o morro em Santa Teresa. O vento movimentando os arbustos, produzindo ruídos farfalhantes que se somam aos dos insetos, a cidade iluminada lá embaixo, a ponte Rio-Niterói cheia de pontos luminosos dos veículos que a cruzam. Um navio atravessando a baía, a emitir um som grave, prolongado e lancinante. Uma paisagem que dali, onde se encontra o cadáver, não está sendo vista por ninguém, num pretenso mistério metafísico. E o gato. O gato com seus olhos faiscantes, que se acerca do corpo branquíssimo de Viviane e o lambe. É macabro, mas há essa estilização do lúgubre. E há, sobretudo, uma sensação de morte que, com a partida de Viviane para a Europa, ficará com Pedro — ela disse.

— É então, Fernando, que você usa artifícios de narração, fazendo com que Viviane vá ao banheiro, de modo que Pedro possa pegar, rapidamente, um sonífero numa gaveta onde guarda remédios, para dissolvê-lo na taça de vinho dela, que ele volta a preencher, com a sensação, até, de que a está salvando de tantos perigos. Essa ideia já passara como uma breve faísca por sua mente, mas foi o próprio carinho de Viviane que o fez decidir-se por concretizá-la. Sensibilizada pela palidez e pelo mutismo dele, ela havia dito: "Espera só um minutinho, querido, que eu vou ao banheiro e depois fico com você". E, de passagem pelo equipamento de som, fez cessar aquela música rítmica e barulhenta. Quando Viviane volta à sala, o sonífero já foi dissolvido, e não é difícil para Pedro fazer com que Viviane o acompanhe em mais uns poucos goles de vinho, dizendo que são de despedida. E como é cândido e terno o modo como Viviane diz a ele, puxando-o para o quarto: "Vem comigo, amorzinho".

— E é aí, Fernando, que você faz Viviane agir de uma forma insuspeitada, revelar uma sensibilidade que encanta e surpreende Pedro, pois ele não vê naquilo nenhuma influência do vinho e do comprimido que ela tomou. Na verdade, é como se ela soubesse exatamente como se comportar numa última noite, de modo a ficar para sempre uma imagem delicada e preciosa guardada com ele. Nada de malabarismos sexuais, excessos; nenhum sinal da Viviane esfuziante nas preliminares do amor. Ela apenas tira a roupa de uma forma tranquila, à vontade, íntima, e deixa seu vestidinho sobre uma cadeira. E se estende graciosa, de costas na cama, as pernas ligeiramente entreabertas, num modo de ao mesmo tempo expor e velar sua maior intimidade. Sorrindo levemente e com os olhos fitando Pedro, mas também como que voltados para dentro, é quase como se ela dissesse: "Vá, olhe-me inteira, conserve-me com você, me use em seu livro". E assim somos lembrados de novo de que tudo é também literatura. Mas é ainda como se ela lhe dissesse: "Tome-me agora, pois neste momento sou inteiramente sua". E quando ele, já despido e depois de contemplá-la longamente, e acariciá-la devagar, deita-se sobre ela e a penetra, ela suspira e diz — e espero dizê-lo como deve ser: "Ah, Pedro!".

— Apesar de tão pequena, um quase nada, é a frase mais expressiva, ou mesmo bela, que você escreveu, Fernando... — ela disse. — Talvez eu não devesse estragá-la com comentários, mas, para mim, é como se Viviane, com essas simples palavras, reconhecesse e afirmasse tudo o que se passou entre eles até aquela noite. Que essa era uma forma, entre muitas, de que o amor pode se revestir. E aí ela inclui não apenas a sua dádiva, a sua entrega, mas também um agradecimento. Ao mesmo tempo, com essa mansidão, esse suspiro — e com certeza já afetada pela mistura do remédio com o vinho, embora você não mencione expressamente isso —, é como se Viviane deixasse aflorar um lado dela que é mais quieto — como naquela vez que deitou a cabeça no peito dele —, introspectivo, ou mesmo docemente triste, e que ela mantém quase sempre adormecido, ou pelo menos aparenta isso. Uma parte sua que pode ser encoberta por uma sombra, por um sentimento para o qual não tenho uma palavra exata, e que se abriga até nas pessoas mais vitais, e Viviane não deixa de sê-lo nem nessa hora. Mas creio que ela sintoniza e partilha o momento crucial de Pedro, de seus instantes suspensos entre a posse e o fim. Céus, como estou séria e solene, como falo eu por você que, nessa hora, soube usar apenas uma frase: "Ah, Pedro!".

— No mais, Pedro quer retardar o seu gozo e isso é natural, e talvez seja também aceitável o que você escreveu: que o gozo de Viviane se dá como o cair num vácuo, pois imediatamente depois ela está adormecida, enquanto Pedro ainda se demora dentro dela, e agora estamos diante de uma posse e de uma submissão absolutas. E é aí que temos o que há de simultaneamente belo e monstruoso em sua novela, Fernando. Aquilo para o qual — apesar de toda a liberdade que Pedro parecia conceder, dentro de si próprio, a Viviane — você faz essa novela encaminhar-se. Sim, o lado monstruoso, talvez pervertido, do artista, pois você, Fernando, em vez de deixar o amor e o tempo seguirem seu curso após aquela exclamação, para depois Viviane partir para a sua noite — e por que não terminar aí? —, você dá a Pedro um tempo a mais de poder absoluto sobre ela, com a segurança de que Viviane, ao acordar, certamente pensará que o seu sono se deveu apenas ao vinho — ela disse.

— E esse tempo de Pedro, antes de ele esgotar-se naquele corpo adormecido — e a fantasia de quantos você não estará realizando aí, Fernando? —, é elástico o suficiente para que ele — e isso sem deixar de sentir intensamente o corpo em que penetra — crie em sua mente uma composição que traduz sua ânsia de uma completude final e absoluta, tanto no amor quanto em sua novela — ela disse. — Uma composição que inclui até ele próprio, visto de fora, possuindo Viviane. E, alerta para tudo, ele vê não apenas o corpo dela, real, mas também a sua representação naquele quadro em que está decomposta em fragmentos, signos, ao mesmo tempo eróticos e intelectuais. Como se Pedro, nessa última noite, se apoderasse, inclusive sexualmente, não só do corpo de Viviane, mas também de sua pretensiosa, e talvez sofisticada, réplica artística. E você o leva ao extremo de tornar-se também consciente do crucifixo que derrama sobre o ambiente uma aura de santidade e sacrifício, emprestando ao sexo uma atmosfera ainda mais excitante de pecado. Mas, meu Deus, quanta pompa, e não poderão os leitores perguntar: mas, afinal, não é apenas uma trepada? — ela disse, e deu uma breve risada.

— Não bastasse isso, Pedro se dá também ao requinte de ouvir, interiormente, o barulho longínquo das ondas batendo na praia de Copacabana, e, lançando um olhar de esguelha para a sala, vê as flores noturnas, encarnadas, se voltando em direção à noite lá fora, à brisa marinha, cujo cheiro penetra pelas frestas da janela, e tanto esse odor como o aveludado das flores — como você escreveu — o tornam ainda mais desperto para o sexo de Viviane, pois você o associa a essas flores, numa comparação de gosto tão duvidoso, mas não nego que é preciso coragem para enunciá-la — ela disse. — E, como se os seus sentidos fossem inesgotáveis, logo depois Pedro julga ouvir a música de carrossel e se visualiza montado num daqueles cavalos, com Viviane na garupa, girando e girando, subindo e descendo — ela disse.

— Mas Pedro sabe também que não poderá se conter por muito tempo e, num outro requinte ainda mais extremo, quando volta a ter olhos somente para Viviane — e também numa incorporação do rival e equiparando-se a ele, pois sabe que compõe sua própria música de palavras —, julga escutar, como se soando em surdina no ambiente, o saxofone de Misael.

— Nunca saberemos o que teria se passado com ele depois disso, mas como poderia sentir-se, depois do orgasmo, senão triste e torpe, enquanto Viviane, penso eu, quando acordasse horas depois, se encontraria confusa e perdida no tempo. Mas não, o final da novela sua e de Pedro se dá antes disso; ele se dá nesses momentos de uma posse e percepção ampliadas e absolutas, em que o tempo parece parar. Momentos de uma composição que se quer perfeita, e é, portanto, inumana. E não haverá, Fernando, nesses instantes irreais de perfeição, em vez de qualquer hipótese de amor, um crime espiritual?

O milagre de Jesus

JESUS Curioso, Francisco, que tendo eu este nome, pratiquei certa vez um milagre, ou pelo menos algo parecido com isso. Foi mais ou menos um ano antes de eu conhecer você e aconteceu logo depois das eleições municipais, quando o prefeito não conseguiu se reeleger. Então tive de deixar às pressas um albergue-modelo da prefeitura, que fechou suas portas sem mais nem menos. Mas antes pude passar uns vinte dias lá, pois o prefeito vinha sendo muito atacado por seus adversários, por causa da grande quantidade de mendigos nas ruas, e mandou recolher o pessoal. E naqueles vinte dias me deram de comer e beber, dormi num colchão decente, me trataram de dois dentes que doíam muito, tomei bons banhos e ganhei algumas roupas, entre elas estas roupas brancas que estou usando agora. Só que naquela época elas estavam novinhas. De vez em quando aparecia um barbeiro e cabeleireiro, que sugeriu que eu raspasse o cabelo, a barba e o bigode, porque era mais higiênico e evitava os piolhos. Mas todos nós, no albergue, já tínhamos liquidado os piolhos com remédios que nos aplicaram e insisti para que deixasse meus cabelos longos e apenas os aparasse. A mesma coisa com a barba e o bigode. A verdade é que eu me apegara àquela minha aparência, e quando ele voltou a insistir na raspagem, fui taxativo: "Meu nome é Jesus", eu disse. "Tudo bem, não se discute mais", ele deu uma risada, com certeza achando que eu era maluco, o que talvez tivesse um fundo de verdade, levando-se em conta o que aconteceu depois. Mas não tanto como ele pensava, pois, como você bem sabe, posso falar e pensar com uma clareza que até me surpreende, como se alguém me iluminasse ou falasse em mim. E agora mesmo, para contar o caso milagroso, vejo-me acometido de uma espantosa capacidade verbal.

O fato é que ao voltar para as ruas, depois daquele período de conforto e de um relativo aconchego, me senti mais desamparado e solitário do que nunca e, passando diante da igreja do Sagrado, no bairro de Botafogo, não resisti à tentação de entrar, eu que, como você, sempre tive uma certa desconfiança da existência de Deus. Mas, perdendo o amparo físico, tive uma ânsia de buscar o espiritual, além do fato de que uma igreja é um bom lugar para descansar.

Logo um padre aproximou-se de mim e, apesar de minhas roupas e eu próprio estarmos em bom estado, ele, que tinha faro para certo tipo de gente, me olhou de cima a baixo e perguntou o que eu viera fazer ali. Rezar, eu disse. Ele falou: "Então vê se não incomoda os fiéis, o lugar de esmolar é lá fora, os donativos aqui dentro são para as obras de caridade da paróquia. E nem pense em roubar, que eu ponho a polícia no seu rastro. Agora preciso ir à sacristia, mas estarei de olho em você".

Aquilo me magoou para valer, pois, em toda a minha vida, eu só roubara ocasionalmente e por necessidade imperiosa. Mas aguentei firme, esperei o padre desaparecer por uma porta à esquerda do altar e me ajoelhei numa das fileiras de bancos mais para o fundo da igreja. E logo levei um susto tremendo, pois pressentindo um vulto à minha direita, virei-me naquela direção e deparei com uma estátua de Cristo, em tamanho natural. Era uma reprodução perfeita, fabricada não sei com que material, e de um realismo impressionante, como se Cristo estivesse mesmo ali de pé, olhando-me com um ar de simpatia. E não pude deixar de notar que havia uma grande semelhança entre mim e ele, ambos vestidos de branco, só que Cristo usava — quer dizer, trazia pintados sobre o seu corpo — um manto e uma veste daquelas usadas no seu tempo, que ia até os pés, enquanto eu estava com esta calça e esta camisa bem largas, pois lá no albergue não tinham esses cuidados de nos darem roupas do nosso número certinho. E a verdade é que isso fazia com que minhas roupas não parecessem muito diferentes das de Cristo. E até um par de sandálias eu tinha ganhado, parecidas com as dele. Só que as minhas eram meio vagabundas e se estragaram logo, e tive de voltar às Havaianas, como você bem vê.

E, quanto à barba, os cabelos e o bigode, meus e de Cristo, alguém poderia até dizer que foram aparados pelo mesmo cabeleireiro. E, talvez animado com aquela semelhança, que, junto com os nossos nomes, me dava uma sensação quase de intimidade com ele, dirigi a Cristo, num tom familiar, uma pequena oração mais ou menos com as seguintes palavras: "Senhor, como bem deve saber, desde que me lembro como gente, num orfanato lá no Norte do país, carrego o nome de Jesus, mas não conheci minha mãe e não posso ter certeza de ser esse o meu nome verdadeiro, pois meus documentos, se é que eles existem, ficaram no orfanato, o que sempre me impediu de conseguir emprego. Sou desprovido de quase tudo, de dinheiro, de amor, e moro sob os viadutos e me banho nas fontes; vivo da caridade quase sempre mesquinha das pessoas, das roupas e dos alimentos que me fornecem nos albergues públicos ou religiosos, e já peguei comida até no lixo. Então é como se eu fosse ninguém, mas sinto em mim um eu, como todas as pessoas, não posso ser nenhum outro nem deixar de sentir esse eu como o centro do mundo. Entrego-me, então, em suas mãos, não para que salve apenas a minha alma, mas para que mude a minha vida aqui mesmo, me socorra também nesta Terra. Jesus, como todo mundo eu quero ser feliz!", eu disse alto, num lamento doído.

Foi então que começou a se dar um acontecimento que já anunciava um milagre, ou algo parecido com isso, me levando a atos e palavras que me colocariam entre a santidade e a loucura.

Uma mulher que estivera ajoelhada diante de outra imagem de Cristo, menor, coberto apenas com um pano e crucificado, lá na frente do altar, ergueu-se com muita dificuldade, fez o sinal da cruz e veio caminhando, se se pode dizer assim, pela nave central da igreja. Se havia uma mulher torta no mundo era aquela, pois seus dois pés estavam virados para o mesmo lado, enquanto os quadris se dirigiam para o outro. O tronco, com seios volumosos, seguia em frente, mas era encurvado o bastante para tornar visível uma pequena corcova nas costas da mulher, enquanto seus braços balançavam de um lado para outro, acho que para garantir a ela o equilíbrio. O seu vestido negro e comprido, que só poderia ter sido feito sob medida, indicava alguém no mínimo remediado financeiramente. E atrás de todos aqueles defeitos físicos que a marcavam, pude perceber que era uma mulher ainda jovem, talvez no máximo com seus trinta e cinco anos. Também observei que, apesar de tudo, ela conservara pelo menos um pouco de vaidade, que a levava a pintar os lábios e usar argolas como brincos. Ah, as mulheres! E lá vinha ela se locomovendo penosamente com uma expressão de intenso sofrimento.

Chegando, finalmente, perto da ponta do comprido banco em que eu, na outra ponta, me sentava, ela virou lentamente sua cabeça curvada na direção da estátua de Jesus Cristo, à minha direita, com certeza para orar mais um pouco ao Salvador. Mas dando com a minha pessoa, arregalou os olhos de surpresa, depois voltou a erguê-los para Cristo, depois baixou-os de novo para mim, e assim por diante. Fez isso umas três vezes, sempre nos olhando fixamente, e depois, sentando-se no banco, começou a arrastar-se, usando as nádegas, com impressionante rapidez, na minha direção, até parar bem junto de mim. Meio assustado, cheguei a pensar em levantar-me e cair fora da igreja. Mas algo em minha consciência ordenava que eu ficasse e escutasse aquela pobre mulher, se ela tivesse alguma coisa a me dizer, como de fato tinha. Aliás, quando começou a falar, reparei que sua boca era um pouco torta, fazendo com que sua pronúncia fosse meio esquisita, mas nada que me impedisse de entender bem as suas palavras. E logo ficou claríssimo que ela me confundia com Jesus Cristo e devia ser completamente louca. Ou será que não, e ela apenas fazia parte da loucura geral, que também me incluía? Pois as ideias contidas em suas palavras não deixavam de fazer sentido, embora um sentido muito peculiar, e sua linguagem mostrava que tivera uma boa educação. Vou tentar reproduzir as minhas falas e as dela, os diálogos e a narrativa como se deram, pois, não sei se já lhe disse, fiz parte de um grupo teatral e outro de contadores de histórias lá no orfanato, e sempre me disseram que eu levava muito jeito para essas coisas.

FRANCISCO Espera aí, até que idade você ficou no orfanato?

JESUS Bem, treze, catorze anos, antes de fugir e cair no mundo. O suficiente para me darem uma educação razoável, pois lá havia até freiras estrangeiras, mas isso não interessa agora, e sim a quase inacreditável história daquela mulher. "Senhor", ela disse — e não vou tentar imitar sua voz, pois isso eu não consigo —, "três rapazes abusaram muito do meu corpo e agora estou desesperada e não sei o que fazer."

"O quê?", eu disse, totalmente incrédulo, pois nem na minha solidão absoluta eu me deitaria com uma mulher daquelas. "Isso mesmo que eu disse, senhor", ela falou. "Três rapazes..." Aí ela caiu em pranto e agarrou-se à minha camisa, tentando deitar a cabeça no meu peito. Aquilo me incomodou demais, de modo que usei os dois braços para afastá-la e comecei a me levantar, para dar o fora dali. Então ela se jogou novamente sobre mim, dizendo entre soluços: "Jesus Cristo, Nosso Senhor, tenha piedade de mim". Aí eu disse com energia: "Então se comporte. Sente-se direito no banco e conte devagar, em voz baixa, tudo o que aconteceu, como se estivesse no confessionário". E não é que ela obedeceu na hora, parando de chorar e tudo?

Você deve estar se perguntando, Francisco, por que não desfiz logo aquele engano. Mas, no fundo, acho que você conhece muito bem a resposta. Primeiro de tudo, você sabe que para mim é normal que me chamem de Jesus, muitas vezes até me gozando pela semelhança com ele, que não procuro disfarçar. Mas aquela mulher não era nenhuma gozadora. E porra, com perdão da palavra, eu, como todo mundo, apesar de espezinhado pela vida, tenho a minha vaidade e um lado meio místico que pode subitamente despertar. Ora, eu estava vagando ao léu pelas ruas, até bastante deprimido, e aí resolvo entrar numa igreja e lá me aparece uma mulher toda ferrada, que me confunde de verdade com Jesus Cristo e pede, desesperada, o meu auxílio. Confesso que o orgulho me subiu à cabeça e aquilo tudo já era uma espécie de milagre. Mas nem tudo em mim era esse orgulho e egoísmo, posso jurar a você. Aquela mulher estava realmente desesperada, e por que não tentar ajudá-la? E fiquei pensando que não devia ser mau ser padre, representante de Cristo no mundo, as pessoas todas, ou pelo menos os católicos, sentindo o maior respeito por você, e você tendo casa e comida nos fundos de uma igreja, e resolvi experimentar mais um pouco daquilo e ajudar aquela mulher no que fosse possível. E também não nego que estava muito curioso para ouvir mais daquela história, à primeira vista tão inacreditável.

"Bem", a mulher começou, "eram quase dez horas da noite de uma segunda-feira e eu saí de casa para ir a uma farmácia, que fecha às onze horas, aqui no bairro mesmo, não muito longe do meu edifício. Eu poderia ter telefonado pedindo o remédio, mas os médicos já me avisaram que se eu não caminhar sempre, posso ficar completamente entrevada. E prefiro fazer isso de noite, para confundir-me um pouco com as trevas. E lá ia eu, com muita dificuldade, pela calçada, quando um carro passou bem devagar por mim e depois parou logo adiante, dando para eu perceber que havia um rapaz sozinho no banco traseiro, que olhava para trás, na minha direção. Fiquei pensando: será que ele não tem mais o que fazer do que olhar para as minhas deformidades? Mas aí eu pensei: e se for um assalto, embora fosse um carro bem bacana? Mas podia ser um carro roubado, também pensei. Então dei as costas para ele, para voltar ao meu edifício, e se eu conseguisse correr, teria corrido. Mas logo o carro deu marcha a ré e parou ao meu lado. Do banco de trás desceu um moço de uns vinte anos mais ou menos, que me agarrou pelo braço e disse: 'Entra aí e senta no banco traseiro. Se gritar, morre'. E foi me empurrando para dentro do carro, e vi que no banco da frente havia mais dois rapazes. Todos três eram bonitões e estavam bem-vestidos, e o que ia na direção fez o carro arrancar em grande velocidade. Eu comecei a chorar e perguntei o que eles queriam comigo. O que ia ao meu lado falou que se eu não ficasse quietinha, ia me encher de porrada, desculpe-me, senhor, eu falar assim, mas foi o que ele me disse", a mulher falou e quis beijar a minha mão e eu mandei ela parar com aquilo e continuar a sua história. E ela continuou.

"Eu parei de chorar na hora", ela disse, "mas falei com eles que se era dinheiro que eles queriam, eu só tinha uns cinquenta reais no bolso e mais o cartão de crédito, para comprar remédios. Se eles quisessem a gente passava no banco que eu retiraria mais, e se o banco já estivesse fechado, a gente passava em minha casa, onde devia haver mais um pouco de dinheiro e outros objetos de valor. Por aí o senhor pode ver como eu estava apavorada. O que ia ao volante, e logo vi que era o dono do carro e tinha o apelido de Pranchão, deu uma gargalhada malsã — eles deviam estar completamente drogados — e disse que eu estava pensando o quê? Que eles eram ladrões baratos para tomar dinheiro de uma aleijada? 'Nós vamos é te comer.'"

FRANCISCO Meu Deus do céu, os três?

JESUS Sim, os três, como veremos, mas não se adiante.

"Minha Nossa Senhora, como vocês podem fazer isso comigo?", a mulher disse.

"'Vai dizer que não gosta?', disse o do banco traseiro, que logo eu soube que tinha o apelido de Toninho", contou a mulher. "'Se não, por que você, um mostrengo desses, parecendo um morcego na noite, está usando batom e brinco?'"

FRANCISCO Céus, que preconceitos e desejos obscuros o ser humano não pode abrigar?

JESUS Sim, é a pura verdade. Aí eu não resisti à tentação e perguntei àquela mulher se ela era virgem até aquele acontecimento nefasto. Sabe o que ela respondeu, para surpresa minha?

FRANCISCO Bem, já vi que virgem não era.

JESUS Isso mesmo. Ela contou que antes de piorar até o jeito como estava agora, mas de todo modo já bem deformada, fora amigada com um cara muito baixinho. "Um anão?", eu matei na hora. "Sim, um anão", ela disse, ruborizando. "O Ari. Nos conhecemos na sala de espera de um médico espírita, que nos prometia mundos e fundos. Até mesmo que ele, o meu futuro companheiro, cresceria um pouco. Como tinha muita gente esperando para ser atendida, pudemos conversar bastante, e ele acabou me pedindo permissão para me visitar", ela foi contando. "E já na segunda visita, acabamos ficando juntos, o senhor entende o que quero dizer. Foi quando perdi a virgindade, já com vinte e oito anos. Ele chegou a falar que Deus nos reservara um para o outro, com nossos estigmas físicos, e me pediu em casamento. Confesso que acreditei, emocionada, naquele desígnio de Deus, mas avisei a ele que não podia casar, pois era filha de um coronel da reserva, já falecido, o que me dava direito a uma boa pensão, enquanto continuasse solteira, segundo a lei. Mas que eu o aceitaria como companheiro, igual a um esposo. E como só eu tinha moradia própria, o apartamento em que morara com meu pai, pois minha mãe falecera antes, ele veio viver comigo. Mas não demorei a descobrir que ele só estava a fim da boa vida, pois quinze dias depois que passou a morar comigo largou o seu emprego de *office boy*, dizendo que não aguentava mais as chacotas do pessoal do escritório e na rua, onde tinha de cumprir tarefas o dia inteiro. Quando ele precisava tirar cópias xerox, por exemplo, sua cabeça ficava na altura do balcão. Mas não foi só isso", ela continuou contando. "Uns três meses depois da união, ele parou de mostrar qualquer atração por mim e não tardei a descobrir que estava indo para a cama com a empregada, nas minhas ausências e com o meu dinheiro, pois ela cobrava para se deitar com um anão, conforme ela própria me confessou, depois que a subornei. Aí mandei os dois embora, é claro, mas não é que ele arrumou um advogado pilantra e entrou com uma ação contra mim, invocando uma união estável nossa, para pedir uma pensão, pois ele não tinha meios de subsistência? Ele ia perder, é claro, pois nós estávamos juntos fazia só três meses, mas uma disputa daquelas, entre duas pessoas como nós, começou a chamar a atenção da imprensa, para grande vergonha minha. Então entrei num acordo judicial com ele, para acabar logo com aquilo.

E o senhor acredita que tenho de pagar um salário mínimo por mês àquele vagabundo? O senhor não acha isso uma injustiça absurda?"

"Acho", eu disse, "o mundo, aliás, está cheio de absurdos e injustiças. Eu mesmo..."

Mas ela me interrompeu no meio da frase e vi que, como todo mundo, ela estava interessada era nos seus próprios problemas. E perguntou: "E o senhor não pode corrigir isso?".

Naquele momento senti remorso de estar colaborando de algum modo com a ilusão daquela mulher, embora fosse culpa minha, e resolvi esclarecer as coisas. "Minha senhora", eu disse, "eu de fato me chamo Jesus, mas não sou Cristo. Cristo é ele" — e apontei para a estátua em sua fria indiferença.

Mas ela queria mesmo ser iludida, sua fé era inquebrantável e ela disse: "Não, para mim o senhor é como uma reencarnação dele, ainda que não queira ostentar isso. E se chama mesmo Jesus e é igualzinho a ele e apareceu diante de mim e isso só pode ser um milagre. Pois o senhor está ouvindo a minha história com uma santa bondade, sabedoria e compreensão. Não imagina como me conforta conversar com o senhor, Jesus. Mas eu me perdi falando naquele ano sem-vergonha. E continuo desesperada. E é importantíssimo que o senhor me aconselhe e até ordene o que eu devo fazer, depois de ouvir o final da minha história".

"Então continue, minha filha", eu disse, pois vi que era inútil tentar trazê-la para a realidade. "Aliás, qual é o seu nome?", perguntei.

"Isaura", ela disse, "com s."

"Pois muito bem, Isaura, por que três rapazes tão bonitos e, pelo visto, tão ricos queriam violentar logo a senhora?"

Aí ela se pôs a contar o caso todo. "Bem, o rapaz que dirigia o carro, o Pranchão, me explicou, com um riso de deboche, que eles tinham feito uma aposta. Quem não fosse capaz de transar comigo ia ter que pagar o jantar e bebidas para os outros dois e ainda ser tratado como um maricas, tendo de chupar eles e o que mais eles quisessem. Na verdade, ele não usou as palavras 'transar' nem 'maricas', mas outras bem mais fortes, que não devo repetir numa igreja. Ele ia dirigindo o carro em alta velocidade e, apavorada, eu nem sabia mais em que parte da cidade a gente estava. Foi quando o carro parou num local deserto, um matagal. O que vinha no banco de trás, o Toninho, disse que ia ser o primeiro, pois já estava ali junto comigo e queria ficar logo livre de sua parte no acordo. E que se os outros dois quisessem assistir, para ele estava tudo bem. Mas o outro rapaz que ia no banco da frente e até aquele momento não dissera nenhuma palavra e só olhara de esguelha para trás, parecendo muito constrangido, disse que ia esperar lá fora. Já o que estava ao volante disse que queria ver, sim, e enquanto aquilo durou, ele ficou dizendo um monte de coisas horrorosas e obscenas, instigando o colega. Mas, felizmente, aquilo durou pouco, pelo menos com o primeiro, pois ele tinha mesmo pressa e, depois de fazer com que eu me deitasse de costas no banco, levantou a minha saia e baixou minha calcinha até as minhas pernas. E fez questão de me insultar. Disse que quanto menos visse de mim, melhor, porque senão corria o risco de o seu membro amolecer. Enquanto isso, o outro dava risadas, dizendo que ele não era de nada. E como eu, instintivamente, retesasse as pernas e me fechasse, o rapaz que estava em cima de mim disse que era melhor eu não dificultar as coisas, senão ele ia fazer aquilo por trás, no meu ânus. E é claro que ele não disse 'membro' nem 'ânus', mas coisas muito piores. Mas ele estava mesmo com pressa, pois também só baixou a calça e a cueca, passou cuspe em mim e afinal conseguiu me penetrar. E a única coisa que eu podia fazer era rezar para Deus, pensar em Deus, para afastar meu pensamento daquilo e pedir a Ele que, se fosse possível, fizesse eu desmaiar. Bem, desmaiar não desmaiei, mas consegui ficar insensível, entorpecida, e o moço se satisfez muito rápido, só não queria mesmo perder a aposta. E logo depois ergueu a cueca e a calça e perguntou: 'Gostou, bruaca?'. Como eu permanecesse em silêncio, ele levantou o braço, ameaçando me bater, então eu tive de dizer: 'Gostei'. 'Muito?', ele perguntou. 'Muito', eu respondi. Então ele desceu do carro, e o outro, o tal de Pranchão, que enquanto assistira a tudo do banco da frente, de vez em quando tomava um gole de uma bebida que trazia num cantil, me olhou com um olhar brilhante e maligno, e saltou para o banco de trás, enquanto o Toninho saía do carro."

A mulher fez uma pequena pausa, com uma expressão de asco, e prosseguiu: "Sim, o mais maligno era esse, com aquele apelido horrível, Pranchão. Alguma coisa nele fazia com que sentisse muito desejo por mim, logo ele, um rapaz tão forte e bonito, que podia namorar quantas moças quisesse. Então eu fico pensando se ele não estava endemoniado. Pois fez questão de que ficássemos inteiramente nus, como se estivesse fascinado por um corpo tão estranho como o meu, e passou a mão em cada parte minha, olhando-as fixamente. Alisou por um bom tempo a protuberância em minhas costas e disse que aquela corcova o excitava, era muito melhor do que os meus seios. Em determinado momento ele parou para tomar um gole da bebida do cantil e dava para notar que estava meio bêbado. Mas o pior é que ele me obrigou a abrir a boca e enfiou por minha goela adentro aquela bebida que queimava como fogo e que ele disse que era uísque. Senhor, eu engasguei e tive de fazer força para não vomitar, pois se eu vomitasse, nem sei o que ele faria. Mas ainda não foi isso o pior, porque depois ele sentou sobre os meus seios e disse que nunca tinha visto peitos tão enormes e macios, e fez também com que eu enfiasse o seu membro em minha boca. E como eu ficasse com a boca quieta, paradinha, ele ameaçou me bater e disse que se eu não chupasse o seu pinto direitinho, o pinto ficaria mole e ele perderia a aposta. Disse, também, com uma gargalhada insana, que queria ver uma rodela de batom no seu pinto. Para o seu pinto ficar bem bonito. E que queria ver como era ser chupado por uma mulher de boca torta. Então eu tive de me comportar como uma prostituta, enquanto ele gemia e me chamava mesmo de prostituta, só que com outra palavra, da mesma forma que ele não falava 'pinto' e sim outra coisa. E teve uma hora que eu percebi que ele estava quase gozando e então afastei depressa a minha boca e o empurrei para baixo. E ele acabou por entrar em mim e gozar dentro. Fiquei com medo da sua reação, mas assim que sua respiração voltou ao normal, ele até me agradeceu, dizendo que se tivesse gozado na minha boca, talvez o Toninho, que estava vendo tudo lá de fora, dissesse que não valia. O fato é que ele estava satisfeito, o maligno, e disse que nunca tinha metido numa mulher assim, toda torta, e que eu devia ficar agradecida de fazer parte da sua lista de mulheres e garotas lindas. E falou também que, para uma aleijada igual a mim, eu era até muito gostosa e chupava muito bem, tinha muito jeito para o negócio e podia até ganhar algum dinheiro com isso. E voltou a dar sua gargalhada satânica e saiu do carro com suas roupas para se vestir lá fora. Quanto a mim, nem me vesti, já que viria um terceiro, então só cobri o corpo com minhas roupas.

"Agora eu imagino que o senhor deva estar curioso para saber se eu senti alguma coisa. Sexualmente, eu quero dizer. Pois eu posso lhe garantir que não, até aquele momento, a não ser muito medo e raiva, não só do que eles estavam praticando comigo, mas também um grande terror de que eles pudessem me deixar ali naquele matagal, longe de tudo, ou então me matar, para não deixarem uma testemunha dos atos monstruosos deles."

Ela respirou fundo e ficou em silêncio, como se necessitasse de um tempo depois de cada descrição. Por outro lado, eu sabia que vinha alguma coisa ainda mais complicada e disse, impaciente: "E aí, o que mais?". Então ela prosseguiu.

"Bem, depois que o segundo rapaz saiu do carro, eu ouvi uma discussão lá fora. Não dava para entender direito tudo o que eles diziam, mas parecia que o terceiro rapaz não queria vir comigo e que os outros o ameaçavam. Se não me engano, o Pranchão disse: 'Se você quiser desistir, desiste, mas aí nós vamos comer você também'. E o outro, o Toninho, falou, dando uma risada: 'Estou achando que você é veadinho, recusando um mulherão desses'. Bem, pelo menos eu acho que foi isso que ele disse.

"Afinal, o terceiro rapaz abriu a porta e veio. Agora que ele estava bem na minha frente, vi que era diferente mesmo, até no físico. Era um rapaz bonito, como os outros, porém mais jovem, devia ter uns dezessete anos e seu corpo era esguio, delicado, com um rosto de traços finos e um olhar que eu achei triste e até bondoso. Via-se também que era um moço tímido e ele fechou o vidro da janela do carro e me disse: 'Desculpe, minha senhora, eu não devia ter aceitado essa aposta, não sei o que deu em mim, mas acho que é porque todo mundo me goza porque eu vivo sozinho com minha mãe e fico muito em casa lendo e ainda não consegui arrumar uma namorada. E quando eles me convidaram para dar uma volta de carro para umas paqueras, a princípio eu hesitei. Aí o Toninho disse: "Que isso, cara, está esnobando a gente, ou não gosta de mulher?". Então eu acabei aceitando, porque eles são considerados os caras mais durões da turma lá do bairro, lutadores de jiu-jítsu, e, se eu recusasse, iam dizer que sou afeminado. E vou confessar uma coisa à senhora: eu sou virgem, mas afeminado não. Eu até amo uma menina em segredo no colégio, uma garota de óculos que eu acho que combinaria comigo, mas ela é apaixonada por um surfista que nem dá bola para ela. Mas se eu vim no banco da frente do carro, junto com o Pranchão, foi porque o Toninho insistiu em vir sozinho atrás, disse que assim ficava mais fácil arrumar garotas. Só que eu nunca podia imaginar que eles iam parar perto da senhora e combinar aquela aposta, e acabei forçado a entrar nela também. Mas vamos fazer o seguinte, minha senhora, a gente só vai fingir que está transando, porque eles estão nos vigiando pelo vidro da janela e se acharem que a gente não fez o negócio direito, nem sei o que vão fazer comigo e de novo com a senhora. A senhora não imagina do que esses caras são capazes'.

"Aí eu disse para ele, e quero que o senhor me diga se eu pequei, e olha que para o padre não tive coragem de contar nada: 'Olha, menino, eu já sei do que esses caras são capazes, sim, e é melhor você fazer as coisas direito, senão vai ser muito perigoso para você e para mim'. Aí ele baixou a calça e a cueca, e eu afastei minha roupa e ele veio por cima de mim, de um jeito que o seu corpo não pesasse sobre o meu, como se não quisesse me machucar. E o senhor acredita que, por um instante, ele passou a mão nos meus cabelos?", ela disse, embevecida, fez uma pausa meio sonhadora e depois continuou. "Mas como o seu sexo não reagisse, acho que por causa daquela situação, pois ele era um garoto sensível, eu peguei no sexo dele, que fiquei acariciando até ele endurecer, e então ele entrou em mim e confesso que comecei a mexer o meu corpo para que tudo corresse bem e ele aprendesse como é que se fazia a coisa direito, e ele fez, e gozou estremecendo o seu corpo, enquanto aqueles sem-vergonha, olhando pelo vidro, davam urros e aplaudiam lá de fora. Quando o garoto acabou, ainda ficou um pouco de tempo em cima de mim — o que ainda hoje me faz pensar tantas coisas, e perguntou o meu nome, e eu disse, e ele disse o dele, que era Fábio, o que eu já sabia, pois eu ouvi seu nome na discussão antes de ele voltar para o carro. Mas foi o modo como ele disse esse nome ali depois que me impressionou, como se ele se apresentasse a mim com toda a educação, e isso depois de tudo o que tinha acontecido. Ele disse ainda: 'Obrigado, Isaura, e tente me perdoar, sim?'. E saiu de cima de mim. 'Não há o que perdoar, Fábio', eu disse e foi a minha vez de acariciar os seus cabelos, como se estivesse agradecida, e de fato estava, pelo modo como ele me tratou, quase como se gostasse de mim, e isso depois daqueles degenerados. Agora me diga, senhor, o senhor acha que eu errei e pequei? Pois houve alguns instantes em que eu me esqueci de tudo, não vou dizer que gozei dos prazeres da carne, pois naquela situação era impossível, mas senti ternura por aquele rapaz tão bom, capaz de ser amável no meio de toda aquela selvageria. Senti ternura no coração e também uma espécie de ternura física tendo em meu corpo aquele rapaz que entregava a uma infeliz como eu a sua virgindade. Mas, por favor, responda, senhor, eu pequei? Eu errei?"

"Não, minha filha", eu disse, pois pensei instantaneamente na minha grave responsabilidade diante daquela mulher. "Você é uma mulher generosa e soube compreender o coração daquele rapaz."

"Obrigada, senhor", ela disse. "O senhor não sabe como isso tira um peso da minha consciência." E ela tentou beijar a minha mão, que eu consegui retirar enquanto perguntava: "E então?".

"Então", ela disse, "ele saiu do carro, enquanto eu me vestia o mais depressa possível, com essa minha dificuldade de movimentos, ouvindo os outros dois dizendo lá fora: 'Aí, hem, Fábio, comeu a corcundinha. Você é um dos nossos'. E vi que lhe davam tapas de cumprimentos nas costas. Quando eles entraram no carro eu já estava vestida e me sentava rígida, olhando fixo em frente, tentando manter um mínimo de dignidade. Dessa vez, quem sentou no banco de trás comigo foi o Fábio, e eu me senti mais protegida. Os outros dois, na frente, estavam fumando um

43

cigarro com um cheiro estranho e forte, que logo eles avisaram que era maconha. Eles passavam o cigarro um para o outro e ofereceram para a gente lá atrás, mas é óbvio que eu não aceitei, nem o Fábio. E ainda bem que eles não me obrigaram. Enquanto fumavam, o Toninho e o Pranchão decidiam se iam a uma festa a que o Toninho tinha sido convidado havia pouco pelo celular. O Pranchão, que entregara o volante ao amigo, pois agora estava bêbado de verdade, disse que só iria se eu fosse também. 'Já pensou a gente chegar com essa mulher na festa da Dora, que é toda metida a besta?', ele disse. O Toninho respondeu: 'Você está maluco, cara, desse jeito a gente acaba entrando numa fria'.

"Aí o Fábio resolveu vir em meu auxílio. Depois que cumprira sua parte no acordo, parecia mais seguro para falar. 'Olha, pessoal, nós já fomos longe demais com essa pobre mulher. Está na hora de deixar ela em casa. O Toninho está certo, a gente pode acabar entrando numa fria.' Os outros não responderam nada, o que não deixava de ser um sinal de que tinham concordado, e eu, apesar de ainda sentir muito medo, fiquei mais aliviada."

"E eles te deixaram em casa?", perguntei a Isaura.

"Não, me deixaram num ponto de táxi", ela disse. "Mas antes me ameaçaram. Que se eu desse queixa à polícia, iam dizer que fora eu quem quisera sair com eles. Pois quem iria acreditar que três rapazes do nível deles iam estuprar uma mulher toda ferrada como eu? E o senhor já pensou na minha vergonha, discutir aquilo na polícia, passar por exames, aparecer nos jornais? Já bastava o que acontecera na disputa com o Ari. Mas eles me humilharam ainda mais. Quando o Toninho parou perto do ponto de táxi, o Pranchão recolheu dinheiro dos outros dois e pôs na minha mão duzentos reais. Disse que era para pagar o táxi e as trepadas, e que eu bem merecera aquela grana. Repetiu que eu tinha muito jeito para o negócio e poderia faturar uma boa grana fazendo michê, pois tem muito depravado por aí — ele disse e soltou uma gargalhada. É claro que eu não queria receber aquele dinheiro, ser tratada como uma prostituta, mas sabe lá o que eles poderiam fazer comigo se eu recusasse? Então pus as notas no bolso da minha blusa e comecei a sair do carro, ajudada pelo Fábio. Ele desceu na minha frente e me estendeu a mão para que eu saísse. Enquanto eu saía, ele ficou de cabeça baixa, envergonhado. Depois ele voltou para o carro, sem olhar para trás, e o Toninho deu a partida cantando pneus. E eu fiquei ali na calçada, em estado de choque, com uma sensação de que aquelas coisas não podiam ser reais, até que, como um autômato, me dirigi a um táxi, que fiz questão de pagar com o meu dinheiro e não com o deles.

"Chegando em casa", ela prosseguiu, "a primeira coisa que fiz foi tomar um longo banho e depois tomei dois comprimidos para dormir. Dormi umas dez horas e, no dia seguinte, tentei tratar os acontecimentos como um pesadelo que eu poderia tirar da cabeça. Mas meu corpo estava todo doído e, ao ir ao banheiro, me deparei com minhas roupas da véspera, completamente amarrotadas, jogadas no chão. Examinei o bolso da blusa e lá estavam os duzentos reais. Senti um impulso imenso de purificação e decidi queimar aquilo tudo, as roupas e o dinheiro, para apagar todos os vestígios da vergonha e dos horrores pelos quais eu havia passado. Fui então até a área de serviço do apartamento, pus as roupas com as notas no meio delas dentro de uma bacia e espalhei um litro de álcool em seu interior. Mas na hora em que ia riscar um fósforo, para atear fogo em tudo, me perguntei se não faria melhor se pegasse aquele dinheiro e o doasse a alguém necessitado ou a alguma instituição de caridade. Enquanto recolhia as notas, pensei que isso poderia ser um modo de tirar do mal algum bem, o que talvez me servisse como consolo pelo que eu passara e também para apaziguar uma culpa por motivos que eu ainda não queria reconhecer. Então pensei em procurar o padre Rui aqui da igreja do Sagrado, a quem às vezes recorro para me consolar nos meus períodos de maior sofrimento e que também é meu confessor. Talvez eu pudesse entregar o dinheiro ao padre, que poderia encontrar o melhor destino para ele, e quem sabe com isso eu ganharia a sua boa vontade para minorar a minha angústia e a minha dor, esclarecendo a confusão que eu sentia diante de uma culpa que começava a se tornar clara. Talvez ele me absolvesse dela e me devolvesse a paz, e eu poderia até receber o sacramento da Eucaristia, para tornar-me forte diante dos meus sofrimentos. Mas eu tremia só de pensar na vergonha de contar a ele o que acontecera comigo, uma vergonha maior ainda se eu não omitisse nada.

"Bem", ela continuou, "depois de recolher todas as cédulas, ateei fogo nas roupas imundas do pecado e foi com um prazer doentio que vi aquelas roupas queimando, enquanto eu pensava nas chamas do inferno para aqueles dois, o Toninho e o Pranchão. Que eles ardessem eternamente nelas, foi o que desejei com ódio.

"Mas eu lhe digo, senhor Jesus", ela disse, "estranho e contraditório é o ser humano e talvez louca eu estivesse, porque julguei ver a mim mesma ardendo naquele fogo azulado, pois me perguntei se eu não seria um pouco cúmplice daqueles atos nefandos. Porque se eu fosse, não digo uma santa, porque seria presunção demais da minha parte, mas pelo menos firme em minha pureza, eu teria me recusado a chupar, vá lá, o pau do Toninho, mesmo sob terríveis ameaças. Mas Deus sabe que fiz aquilo com repugnância e pressionada pelo medo. Mas tudo isso era nada comparado à outra culpa, pois naquele momento mesmo em que eu queria condenar os dois ao inferno, eu não só absolvia o Fábio como companheiro meu de martírio, mas também sentia em meu coração e meu corpo a sua falta. E como ao senhor devo confessar tudo, eu digo: pudesse ser eu uma moça normal e namorar e deitar-me com o Fábio, eu o faria com prazer e submissão, para torná-lo ainda mais seguro da sua masculinidade. E o maior problema, senhor, era que se eu me confessasse ao padre Rui, teria de admitir a minha participação ativa no que ocorrera entre mim e o Fábio.

"Mas como, Jesus", prosseguiu ela, "pretender a absolvição, se eu sentia em meu coração uma revolta tremenda contra Deus, já nem tanto pelo que eu padecera nas mãos daqueles monstros, mas muito mais por ser quem eu era, toda disforme e horrenda, o que não me dava nenhuma esperança de ter conquistado o coração do Fábio e o seu desejo, mas apenas a sua piedade? Sim, como pedir perdão, se eu me sentia toda orgulhosa por ter sido aquela a quem ele concedera a sua virgindade? Então desisti, pelo menos momentaneamente, até botar minha cabeça no lugar, de vir falar com o padre Rui, que, aliás, me negara a absolvição durante todo o tempo em que eu estivera amigada com o Ari, pouco importando a ele a lei que rege as pensões das órfãs dos oficiais das Forças Armadas."

"Você fez bem", eu disse.

"Oh, senhor, que boas falas o senhor me concede", ela disse. "Mas por que, exatamente, eu fiz bem?"

"O padre Rui é um sujeito comprido e de óculos, que estava aqui há pouco?", eu disse.

"Sim, é esse mesmo."

"Não me parece que seja um bom padre, pois não é bondoso", eu disse. "Mas e o dinheiro, o que você fez com ele?"

"Guardei-o à espera de uma boa oportunidade para doá-lo a alguém ou a alguma instituição que o merecesse."

"E já fez isso?", eu perguntei.

"Fiz. Quer dizer, entreguei metade do dinheiro hoje ao padre Rui, mas na última hora decidi guardar a outra metade, depois eu explico por quê", ela disse. "Mas antes deixa eu continuar o que estava contando. Naquele momento eu estava tão desesperada que tive ânsias de me matar e então escondi aquele dinheiro dentro de um livro no alto de uma estante, por causa da faxineira, e consegui uma consulta urgente com o meu psiquiatra, pois sempre precisei de um, para me receitar soníferos, antidepressivos e ansiolíticos, ajudando a minorar as minhas angústias. E ele, o doutor Roberto, meu psiquiatra, entendeu todos os meus sentimentos e as razões para os meus conflitos. Não fez nenhum julgamento moral e me internou para uma sonoterapia, sob os seus cuidados, durante dez dias. E o resultado daquele tratamento foi que ele me ajudou a deixar apenas num compartimento de minha memória, que eu procurava não abrir, aqueles atos tenebrosos do Toninho e do Pranchão. Mas restava também a lembrança daquele belo e bom rapaz, o Fábio, e esta eu procurava destacar das outras lembranças e servia também para me fazer saber que existia amor no mundo e em mim. Mas o que eu não sabia era que o pior ainda estava por vir."

"O pior?", eu quase saltei do banco. "Pior do que isso só se eles voltaram ou você ficou..." Aí eu parei, Francisco, pois não tive coragem de concluir o meu raciocínio, mas ela o concluiu como eu imaginava.

"Sim, senhor, é isso mesmo que a sua clarividência lhe indica", ela disse. "Minha menstruação não veio, eu comecei a sentir náuseas e, é claro, pensei no pior. Primeiro telefonei para uma farmácia onde não me conheciam, pedindo para entregar em minha casa aquele teste de gravidez. Quando o teste deu positivo, eu não quis acreditar, e como tinha vergonha também de ir fazer exame no laboratório, paguei a mais para que eles mandassem uma coletora mulher para tirar meu sangue em minha casa, apesar da minha vergonha também disso. E depois pedi o resultado pelo telefone. Não há a menor dúvida: estou grávida."

"Tem certeza?", eu perguntei. "Foi ao médico?"

"Isso ainda não tive coragem", ela disse. "Mas repeti o exame de sangue, que voltou a dar positivo, é claro. O senhor pode imaginar o meu desespero. Cheguei a pensar novamente em suicídio, mas sou católica, senão nem estaria aqui numa igreja. E já pensou? Eu que tanto padeço aqui, ainda padecer eternamente no inferno? Então pensei num aborto legal, pois fiquei sabendo que a lei dá esse direito à mulher em casos de estupro, mas aí eu teria de procurar a polícia e a justiça, e que provas eu teria do estupro tantos dias depois? E nem sabia o nome certo daqueles dois, o Toninho e o Pranchão, nem onde moravam. Também não anotara a placa do carro e nem a marca eu sabia qual era, pois não reparo nessas coisas. Além disso, como eu poderia deixar o Fábio de fora sem me comprometer? E mesmo que não deixasse, quem, em sã consciência, iria acreditar que aqueles moços ricos e bonitos haviam me violentado? E tem mais: Deus sempre foi o meu único consolo na vida, e minha religião considera o aborto um crime nefando. Mas e se no meu caso particular ele se justificasse, como diz a própria lei dos homens? Foi por isso que vim à igreja hoje, para consultar o padre Rui a respeito. Trouxe também os duzentos reais que aqueles miseráveis me deram, embora o Fábio tivesse sido obrigado a isso como ao resto todo. Eu ia primeiro dar o dinheiro ao padre Rui, para ele aplicar nas obras da paróquia como quisesse, e depois ia lhe contar tudo o que acontecera, para ver se ele me liberava para um aborto clandestino, como o doutor Roberto insinuara que era a melhor solução, depois que eu lhe contei em que pé estava a situação. Não nego ao senhor que esperava conquistar as boas graças do padre Rui com aquele dinheiro, e, no fundo, eu desconfio que ele usa a maior parte das contribuições à igreja em benefício próprio. O caso é que ele saiu da sacristia para fazer alguma coisa e tive tempo para pensar. E foi depois de pensar que resolvi entregar a ele apenas cem reais, guardando cem para alguém muito necessitado que eu mesma escolhesse. Acho que eu queria também testar a receptividade do padre, para entregar-lhe ou não o dinheiro todo", ela disse, meditativa, e continuou.

"Quando o padre Rui voltou à sacristia, entreguei-lhe duas notas de cinquenta reais, dizendo que eram para as obras de caridade da paróquia. O padre sorriu, surpreso e satisfeito, pois não deixava de ser uma oferta generosa, e perguntou se eu estava pagando alguma promessa. Eu quase cheguei a dizer que não, e ia começar a contar a história inteira e depois falar na gravidez e nos motivos mais do que justos para um aborto. Mas eu estava toda trêmula e com o coração palpitando e percebi que jamais teria coragem de contar aquela história escabrosa ao padre Rui, que, na verdade, não parece ter nenhuma compreensão humana. E também sentia muita vergonha da minha gravidez. Pois tive certeza de que ele, como a polícia ou a justiça, nunca acreditaria que eu fora estuprada por três belos e ricos rapazes, e pensaria que eu estava grávida de alguém tão estropiado como eu, ou talvez até achasse que eu estava indo de novo para a cama com o anão e agora queria tirar da barriga o filho dele. E mesmo que ele acreditasse na minha história, o que era muito improvável, eu duvidava muito que ele tivesse coragem de contrariar os preceitos do papa e me autorizasse o aborto, ainda mais que já recebera o dinheiro, que ele pensava que era tudo, adiantado. Não nego que vi claramente o padre Rui como um homem mesquinho e cobiçoso, quem sabe tinha até uma amante, e talvez se eu lhe pagasse mais... Mas era só talvez, e do resto do meu dinheiro, quer dizer, do dinheiro daqueles monstros, tirando o Fábio, ele não ia ver mais nenhum centavo, talvez para gastar com boas comidas, vinhos e, quem sabe, a amante."

"Pensou corretamente", eu disse. "Mas e aí, o que você fez?"

"Eu disse que era uma promessa, sim, que eu havia feito a

Cristo e todos os santos", ela disse. "E como não dava para ele se convencer de nenhuma melhora em meu estado, pois era visível que eu ia de mal a pior, eu disse que estava pagando a promessa antecipadamente, para ver se assim, diante de minha fé, Deus me concedia a graça de uma melhora das minhas doenças degenerativas. Confesso ao senhor que falei isso cheia de raiva, o que o padre fingiu ignorar, pois ele disse: 'Com a sua fé vai melhorar, sim, com certeza'. E ele, com as mãos entrelaçadas, sorriu de uma forma que procurava aparentar bondade e confiança mas que para mim só demonstrava o seu cinismo. Então eu disse, ainda com mais raiva: 'Agora o senhor me dá licença que vou rezar diante da imagem de Cristo'. E ele respondeu, sempre sorridente: 'Toda'. E ainda me abençoou com uma cara compungida.

"Então lá fui eu para diante do altar", ela prosseguiu, "e olhei fixamente para Cristo lá no alto, rogando a Ele que me falasse de alguma forma, nem que fosse por uma voz em meu interior. Perguntei a Ele se não era justo retirar das minhas entranhas o fruto de um crime, o filho ou filha daquele desalmado, o Toninho, pois com certeza o feto que se formava em mim viera dele, que fora o primeiro a me forçar. No máximo, poderia ser do Pranchão, se o Toninho fosse estéril, o que seria pior ainda, pois o Pranchão era o mais monstruoso de todos. Do Fábio é que não seria, pois ele fora o terceiro. Eu devia estar passando por um momento de loucura, porque, de repente, falei para mim mesma, com uma voz doce e grave, imaginando que era Cristo que falava por minha boca: 'Vá, minha filha, retire mesmo esse feto porque ele é filho do demônio'. E o pior, Jesus, é que quando falei em demônio foi como se eu o tivesse invocado, pois tive uma visão dele diminuto em meu ventre, com os pezinhos e mãozinhas como se fossem patas de bode, e o corpo e o rosto de um morcego, como se eu fosse uma Nossa Senhora às avessas, guardando um fruto maldito do espírito do maligno. 'Por que me fizestes tão desgraçada assim?', eu bradei a Deus e tive vontade não só de socar com toda a força a minha barriga para destruir o embrião do capeta, como pedi o impossível até para Deus, que Ele modificasse o passado, fazendo com que minha mãe houvesse me abortado, evitando que viesse ao mundo este aleijão que sou eu", ela disse, com os olhos lacrimejantes de dor e de raiva.

"Não diga isso", eu disse, erguendo a mão para acariciar os seus cabelos, lembrando-me do Fábio, mas desistindo do meu gesto na metade dele, já com a mão erguida, com medo de que Isaura se lançasse nos meus braços, ou dirigisse a mim de algum outro modo a sua afetividade doentia.

"Digo, sim, e digo mais", ela falou com raiva. "Então minha esperança sacrílega, pois eu estava ali diante do altar, passou a ser a de que não houvesse Deus nenhum, o que me deixaria livre para um aborto ou até para o suicídio, eliminando ao mesmo tempo nós dois, eu e o embrião do mal, livrando o mundo da nossa terrível presença. Mas como admitir o demônio sem a contrapartida de Deus? Nesse caso, não seria o mundo uma seção do inferno? E eu me perguntava se aquelas ideias de aborto e suicídio não poderiam ser uma tentação do demônio dentro de mim, na minha própria barriga? Mas havia complicações até teológicas: o demônio, para praticar o mal, seria capaz de destruir a si mesmo? Talvez, pois não poderia ele renascer e multiplicar-se em outros corpos e almas, em espécimes tão nefastos como o Pranchão? Mas, voltando ao meu drama pessoal, o que fazer, se eu não podia me livrar dele, Satanás, sem cometer um crime nefando diante de Deus e da Santa Madre Igreja? A menos que alguém, em nome de Deus, como um sacerdote, ou Cristo — não fosse ele mudo em sua representação ali no altar —, me autorizasse aquele gesto extremo e purificador, considerando esse aborto tão especial um exorcismo. E foi assim, atormentada por esses terríveis dilemas, que dei as costas para o altar e vim caminhando, mais penosamente do que nunca, entre os bancos, pela nave central da igreja. Mas ao passar por esta parte aqui, lancei um último olhar de esperança para esta outra estátua aqui ao nosso lado. É a que mais gosto, com Cristo em tamanho natural, como uma pessoa, todo de branco e com as feições serenas e um ligeiro sorriso nos lábios. E se antes eu me dirigira ao Cristo crucificado lá na frente, foi por estar ele mais perto da sacristia e entronizado no altar. Por isso, não deixa de ser o Cristo oficial deste templo, sua autoridade suprema. Mas gosto muito mais de vir sentar-me perto deste outro aqui, mais simpático e humano, um Cristo dos tempos em que ainda era um andarilho alegre, fazendo milagres e tornando as pessoas felizes com a sua companhia. E às vezes, quando entro numa espécie de êxtase abençoado, vejo-o como se estivesse vivo e me olhasse com seus olhos meigos e sorrisse especialmente para mim, como se a me dizer que me espera lá no alto", ela disse, e olhou mesmo para o alto, antes de prosseguir. "Mas, hoje, foi num acesso de desespero, culpa e vergonha dos meus pensamentos que lancei um olhar para Ele, para implorar-lhe um verdadeiro milagre, talvez que me levasse nesta noite mesmo deste mundo, suavemente em meu sono, ou me fizesse abortar espontaneamente, exorcizando-me do filho demoníaco de um daqueles monstros. E não é que, ao olhar nesta direção, me deparo com uma manifestação viva sua, de Jesus, que é o senhor, ainda que o senhor o negue, por modéstia ou outras intenções acima do meu pobre entendimento. Ou talvez porque, em sua simplicidade, nesta reencarnação temporária, nem se dê conta de sua divindade. No entanto, mentir estaria em desacordo com a sua própria natureza e por isso não nega que o seu nome é Jesus. E, em sua infinita bondade, se dispôs a me ouvir com toda a paciência e a me consolar e aconselhar. Por favor, Jesus" — e ela segurou a minha mão —, "não vá me abandonar ou me desiludir agora. Diga-me o que devo fazer e eu obedecerei cegamente ao senhor", ela terminou de dizer e olhou-me, implorante, e depois baixou os olhos, como a mais humilde das criaturas.

Bem, Francisco, foi o que ela disse, embora eu possa ter usado algumas palavras que são minhas, pois não é fácil reproduzir a fala de outra pessoa. Mas voltando ao que interessa, trazer Isaura à minha pobre realidade humana era não só inútil como indevido. Aquela mulher sofrera uma inominável violência sexual da parte de dois monstros e ainda por cima ficara grávida de um deles. A decisão a ser tomada por ela era de uma simplicidade cristalina. Então eu, Jesus, a liberaria para o aborto e de sua culpa. Até a legislação brasileira é sábia nesse sentido, mas eu ia concordar com Isaura que ela devia passar longe da polícia e da justiça, que só lhe causariam mais vergonha e aborrecimentos. Que ela então procurasse um médico solícito e competente, e ponto final. Quanto à lei divina, quem poderia falar em nome de Deus? Quem poderia saber, até, se Deus existia? E eu ia dizer a Isaura que livrasse a si e ao mundo do fruto maldito do Toninho ou do Pranchão, o mais depressa possível, enquanto a intervenção cirúrgica ainda era simples e aquele monstrinho em forma de embrião nem era um ser, mas uma semente, e quem sabe uma semente do demônio, eu reforçaria, para evitar que Isaura sentisse alguma culpa, por menor que fosse. Sim, era o que eu me preparava para dizer a Isaura e sorri para ela, que parecia beber nesse sorriso, em adoração. E, no entanto, no fundo oculto dos meus pensamentos, era um sorriso também de ironia, pois eu entrara naquela igreja em busca de amparo e socorro, e agora quem amparava e socorria era eu. Mas se eles, o padre, Cristo, Isaura, pensavam que isso ia ficar assim, estavam muito enganados. Pois naquele momento mesmo em que eu sorria candidamente, planejava sugerir a Isaura, depois de aconselhá-la bem, que me entregasse os cem reais que lhe sobraram daquela dádiva infame. Pois eu, Jesus, saberia bem como aplicá-los com alguém merecedor de tal dádiva, que, sem dúvida, era eu mesmo, fato que eu pensava em omitir, ou não. Porque este, que ela acreditava tanto ser o verdadeiro Jesus Cristo, ainda nem almoçara.

FRANCISCO Eu sabia, eu sabia que aí tinha coisa.

JESUS Talvez, Francisco, mas o que eu nem podia saber era que naquele momento fosse ocorrer aquilo que se assemelhava mesmo a um milagre.

FRANCISCO Não vai me dizer que a mulher abortou ali mesmo o embrião de Satã.

JESUS Não seja tão debochado ou materialista, Francisco. O milagre, ou quase isso, que se deu foi de uma ordem, pode-se dizer, espiritual. Pois as palavras que saíram de minha boca foram muito diferentes daquelas que eu pensara até então para dizer a Isaura. Como se fosse o Espírito Santo, ou o próprio Jesus, quem pusera aquela mulher no meu caminho, para que eu fosse instrumento da Providência Divina. Pois como explicar a clarividência de minhas palavras, a não ser pela inspiração de uma força superior? E como se a reforçar isso, alguém começou a ensaiar, num órgão colocado lá no alto e no fundo da igreja, uma comovente música sacra de exaltação e aleluia.

E eu, que em geral sou meio ressentido, pois cheio de revolta com o lugar que me coube na vida, me senti inundado por uma misteriosa bondade e sabedoria, e, passando então sem receio a mão nos cabelos daquela mulher tão necessitada de solidariedade e afeto, disse a ela: "Mulher, tenha essa criança, pois ela será a luz de sua vida. Pois quem sabe não será ela obra também do Espírito Santo, como aconteceu com a Virgem Santíssima? E quem sabe, também, não dará você à luz um menino santo, de quem, aliás, o mundo anda tão necessitado? E mesmo que não cheguemos a tal exagero, quem poderá dizer que Deus, em sua onipotência, não terá resguardado o seu útero do sêmen daqueles infames violadores, para que ele pudesse receber um espermatozoide de Fábio, o bom violador, como existiu o bom ladrão, crucificado ao lado de Cristo? E mesmo que a semente que se alojou em seu ventre tenha vindo do Toninho ou do Pranchão, quem poderá dizer que entre os milhões de espermatozoides lançados pelos dois malignos não existissem sementes boas, boníssimas até, pois não podemos nos esquecer que a herança genética de nós todos remonta ao princípio da criação e, portanto, a Deus. E não será por isso que dizemos que somos todos filhos Dele? Esse Deus que pode escrever certo por linhas tortas, no seu caso mais ainda, Isaura. E não nascem das sementes de frutos podres árvores frondosas? E uma luz dentro de mim mostra agora que nascerá de seu ventre um filho homem, que alegrará a sua até então triste vida, mulher, não apenas durante a sua infância de menino bonito, risonho e robusto, mas também na sua juventude e depois, pois antevejo para ele um futuro brilhante, quando esse belo rapaz, que nem precisará ser um santo, mas talvez um eminente e caridoso médico, ou um cientista, ou quem sabe um artista iluminado, talvez um grande compositor e pianista que a encherá de enlevo e orgulho, Isaura, e a vejo sentada no camarote de honra de uma sala de concerto, como se fosse uma princesa e você bem merece". E digo a você, Francisco, minhas palavras brotavam carregadas de emoção, ajudadas pela música que vinha do órgão lá em cima, e eu prossegui, numa espécie de delírio sagrado. "Ou quem sabe ainda, Isaura, será ele um grande atleta, um jogador de futebol, atacante de nossa seleção que, depois de marcar gols requintados como obras de arte, erguerá os olhos e as mãos para os céus, agradecendo a Deus, o verdadeiro autor de tais jogadas, levando as nossas cores a conquistas gloriosas, que ele, o seu filho, também oferecerá à sua mãe Isaura, cujo retrato estará estampado numa camiseta que ele exibirá ao público e às TVs, depois do jogo e após trocar com os adversários a camisa amarela cheia de estrelas. E quando, naturalmente, ele estiver em clubes estrangeiros, de países aos quais fará questão que você o acompanhe, quanto dos milhões e milhões de dólares que terá então ganhado não doará a fundações para meninos carentes, deficientes ou mesmo delinquentes? E aí eu penso de novo no Pranchão, Isaura, que deve ser apelido de surfista, e se esse nosso menino puxar o pai, se o pai for o Pranchão, no que toca a essa prática tão saudável, fará dela uma atividade quase mística, será um surfista de Cristo, descendo em ondas inacreditavelmente altas, com destemor, graça e elegância, levando uma vida saudável e integrada à natureza, casando-se e dando a você, Isaura, vários netos, igualmente belos, talentosos e bondosos, que lhe proporcionarão uma velhice das mais ditosas."

E, do mesmo modo como veio, Francisco, como um transe, aquela vaga de palavras dissipou-se, juntamente com a música executada pelo organista, que cessou naquele exato momento, e percebi que o meu discurso estava concluído. E fiquei impressionado como, a par de toda aquela exaltação grandiosa, eu, Jesus, mesmo em meu estado normal, mantinha uma grande clareza de pensamento que me assegurava que aquela criança, fosse ela como fosse, e não descartava a hipótese de que fosse uma menina, seria uma dádiva na vida tão desgraçada de Isaura. Só me restava abençoá-la. E foi o que fiz: abençoei-a, tocando em sua fronte, e disse: "Agora vá, mulher, e cumpra o seu destino".

Isaura, que bebera, hipnotizada, em minhas palavras, com um olhar em cujo brilho se refletia todo o amor incomensurável que já dedicava àquela criança, mostrava-se agora incrivelmente calma e feliz. E eu fico pensando se, naquele momento, ela não se deu finalmente conta, pelo menos em parte, de que eu não era Cristo, mas este pobre Jesus terreno, perdido nos descaminhos da vida. Pois as perguntas que me fez não deixaram de ser objetivas. "O que posso fazer pelo senhor, em retribuição ao bem que me fez?", ela falou, com uma entonação cheia de sugestões: "Que caridade devo fazer com este dinheiro que me resta? Pois agora que estive este tempo todo com o senhor, fica claro para mim o bem que fiz em guardar parte do dinheiro, encontrando alguém com a sabedoria e autoridade para dizer-me como empregá-la".

Foi, então, Francisco, que, como o próprio Cristo, fui tentado novamente, sabe lá se pelo demônio, que talvez fora quem atiçara havia pouco a minha cobiça. E que tornava a me oferecer algumas satisfações neste mundo a que de fato pertenço. E imediatamente pensei em pedir-lhe os cem reais do pagamento por aqueles atos de uma luxúria criminosa, aberrante, e, da parte do Fábio, até terna. Mas eu temia destruir toda aquela aura de santidade e sabedoria com uma ambição desmedida. Como preservar minha autoridade espiritual se eu fizesse isso? Lembrei-me, então, de uma história do rei Salomão, da Bíblia, que eu ouvira no orfanato. O sábio Salomão que sugerira dividir pela metade a criança disputada por duas mulheres.

"Você pode me dar cinquenta reais, Isaura", foi o que eu disse então a ela e acrescentei: "Pois até o filho de Deus na Terra teve necessidades humanas a satisfazer. Confesso, humildemente, que ainda não almocei hoje".

"Não quer os cem reais, senhor, para fazer deles o que achar melhor?", ela disse, tirando o dinheiro do bolso e acrescentando: "Pois de suas mãos só poderá advir o bem".

Foi então que peguei decididamente o dinheiro, Francisco. Uma nota de cinquenta, duas de vinte e uma de dez. E vi Isaura segurar a minha mão esquerda e beijá-la. E tornei a abençoar a mulher com a mão direita, sem me dar conta de que segurava com ela aquele dinheiro. E eu disse: "Agora vá de vez, mulher, e seja feliz com o seu filho".

E sem necessidade, dessa vez, de arrastar as nádegas no banco, mas equilibrando-se, com um pé cá, outro lá, na madeira de genuflexão, ela foi se dirigindo para a nave central da igreja e murmurando: "Será um milagre, Senhor, pois me sinto aliviada e feliz como nunca?". E de lá, da nave central, começou a se encaminhar à saída do templo, com passos bem mais aprumados do que anteriormente, talvez porque isso correspondesse ao que sentia por dentro, enquanto elevava os braços e o rosto para o alto, como se visse um radioso e divino feixe de luz, e sempre murmurando palavras entre as quais eu julgava ouvir novamente "milagre, milagre". E devo dizer, Francisco, que eu próprio acreditei nesse milagre, para o qual eu servira de instrumento, guiado por misteriosas forças da mente — e sabe-se lá de onde vinham —, o que me dava a convicção inabalável de que eu praticara com certeza pelo menos um bem inestimável e por isso fora merecedor daquela recompensa, que já ia guardar no bolso. Mas eu estivera tão absorto naqueles acontecimentos extraordinários, observando uma transformada Isaura chegar à porta da igreja, não sem antes olhar mais uma vez na minha direção e na de Cristo, que não vi o padre Rui aproximar-se. E antes que o dinheiro já estivesse protegido em meu bolso, ele arrancou as notas de minha mão, dizendo: "O que significa isso?".

Quase chorando, como uma criança, Francisco, eu tentei dizer-lhe que aquela mulher desesperada me pedira auxílio e que, com minhas palavras, eu salvara duas vidas, a dela e de uma criança em seu ventre, e que ela então resolvera me recompensar. Mas percebi que minhas palavras saíam atropeladas, quase desconexas, e quando me dei conta, em desespero de causa, eu já havia balbuciado: "Jesus. Ela pensou que eu fosse Jesus, e eu me chamo mesmo Jesus e só quis ajudá-la". E depois, mais desesperado ainda, tentei alcançar o dinheiro, que ele segurava na mão erguida. "Me dá esse dinheiro, padre, ele é meu, o senhor não tem o direito de ficar com ele."

"Eu lhe avisei que o lugar de esmolar é lá fora", ele disse, e depois de guardar as cédulas no bolso da calça, me pegou pelo braço e me puxou na direção da estátua de Cristo, para, dali mesmo, começar a me empurrar por aquele corredor lateral rumo à saída. "O verdadeiro Jesus expulsou os vendilhões do templo", ele disse ainda. "É o que estou fazendo agora."

"Mas como, se eu nada vendi? O senhor viu a mulher me dar esse dinheiro e agora o está roubando", eu ainda tentei enfrentá-lo.

"Então vá, chame a polícia. O mínimo de que poderei acusá-lo será de charlatanismo. Pois, olhando-o bem, vejo que você se disfarça mesmo de Jesus Cristo. E quantos golpes não terá aplicado com essa fantasia? Ou talvez seja mais fácil eu dizer logo que você roubou uma fiel aleijada enquanto ela rezava. Em quem você acha que eles vão acreditar? O que a polícia pensará de uma esmola de cem reais, hem, me diga?"

Eu me lembro, Francisco, que ainda abri a boca para argumentar com ele. Olhei para trás, para a estátua de Cristo, e disse, tentando desesperadamente comover o padre: "Cristo é testemunha de que estou falando a verdade". Mas Cristo mantinha o meio sorriso de sempre, simpático, mas também pétreo e indiferente, e logo percebi toda a inutilidade dos meus esforços e a igreja inteira me parecia um lugar terrivelmente lúgubre. Mais terrível do que nunca obter a graça é perdê-la depois de tê-la obtido. E o que eu disse então ao padre já era um reconhecimento da derrota: "Eu saio, mas não me empurre, nem me segure o braço. E não me acompanhe até lá fora". O que eu não queria, Francisco, era que aquela mulher, que, com seus movimentos lentos, apesar de suas melhoras recentes, ainda devia estar nas imediações, e que me vira num instante de glória, assistisse à minha derrocada, mesmo que ela pudesse testemunhar a meu favor. E talvez ela visse em mim, em sua cândida loucura, Cristo novamente perseguido. Mas o que eu mais temia era pôr em risco a minha obra. Essa obra que era a criança predestinada — e eu precisava acreditar nisso —, e isso ninguém poderia roubar de mim. Esse o meu milagre, Francisco.

FRANCISCO É uma história ao mesmo tempo bela e terrível, Jesus.

JESUS Mais terrível ainda, como já lhe disse, é perder a graça depois de ter provado dela. Ao sair daquele templo, me senti inteiramente ferido pela realidade, o sol forte do princípio de tarde, sem vitrais que o filtrassem, como na igreja, embora estes fossem incrivelmente cafonas, com seus anjos gordinhos e outros ameaçadores com suas espadas, ali colocados para comover os pobres de espírito. E eu me sentia atordoado pelos carros passando com o barulho de seus motores e buzinas, os xingamentos entre os motoristas, enquanto nas calçadas andavam os seres escravizados pelos seus afazeres e pelo seu egoísmo, que não lhes permitia compartilhar a dor dos que sofriam, como eu. E as mulheres, Francisco, que não se dignavam a conceder-me nem um olhar, como se eu fosse ninguém, um objeto completamente fora do mercado amoroso e sexual. E, no entanto, momentos antes, eu fora Jesus, o falso e o verdadeiro, pois uma mulher, vá lá que toda torta, praticamente se prostrara em adoração a meus pés e, por um breve tempo, eu estivera iluminado. Deus falara por meio de mim para que eu a retirasse do mais profundo desespero, talvez mesmo do fundo dos infernos. Olhei então para os céus e bradei: "E eu, quem fará por mim um milagre?". E acabei por chegar à pergunta: "Deus morreu?".

FRANCISCO É uma pergunta difícil, Jesus, talvez nem tenha nascido.

JESUS Mas era isso que eu era naquele momento, Francisco: um órfão de Deus. E o ódio brotou com força máxima em meu coração e não apenas desejei o mal, como fui pronunciando, em voz alta, os meus desejos, como numa verdadeira oração, um discurso de mim para mim, enquanto caminhava ao léu pela calçada. E quis, com todas as minhas forças, que um grande terremoto sacudisse a cidade, deixando centenas de milhares de desabrigados, e então eu seria apenas mais um entre tantos flagelados e talvez pudesse me alojar numa grande barraca coletiva, fingindo que perdera tudo na catástrofe, o que me daria, inclusive, o direito de mijar num desses banheiros químicos improvisados, e não fazê-lo espremido entre dois carros, longe das vistas do guardador, como acabara de acontecer naquele momento. Sim, só a catástrofe poderia me proporcionar um verdadeiro lar, irmanando a todos no flagelo, e roupas e alimentos nos seriam oferecidos, talvez vindos do exterior, encaminhados pelas Nações Unidas. Mas pensei ainda no pior, ou talvez o melhor: e por que não uma peste que nos dizimasse a todos, nos reduzisse a cadáveres putrefatos, gozando a doce paz de um límpido nada, do grande silêncio como a mais perfeita das sinfonias? Montanhas e montanhas de cadáveres, entre eles o meu, mas o que importava, pois eu não tinha nada a perder e falei bem alto: "Pelo menos assim teremos democracia". Estou te enchendo o saco, Francisco?

FRANCISCO Não, pelo contrário, tudo isso me interessa muito, continue.

JESUS Pois é, mas nem peste nem terremoto, nada, as coisas continuavam nos seus indevidos lugares, e sentei-me num banco de uma pracinha, à sombra de uma árvore frondosa. E, cansado de meu ódio inútil, tive alguns momentos de ternura, pois pensei — e até hoje às vezes penso, Francisco — que de certo modo eu seria o pai da criança daquela mulher disforme, pois sem minha interferência dificilmente ela viria ao mundo. E voltei a antever para ela um belo futuro, como um artista ou atleta, ou mesmo apenas um homem bom ou uma mulher boa, que soubesse viver sabiamente. Sim, aquela criança, fruto de minha união espiritual com a torta-corcunda e mais um dos dois tarados, ou quem sabe Fábio, o amável estuprador, e ainda o Espírito Santo. E pensei também em espermatozoides loucos e cegos, em sua corrida de vida ou morte em busca do ninho provisório que lhes daria a luz. E pensei então no peixinho sem cabeça, mas com cauda, o espermatozoide que eu fora, saído do sêmen de, provavelmente, algum vagabundo para o útero de uma mulher vadia, talvez uma prostituta, que morrera ou me deixara no orfanato. Sim, Francisco, entre milhares, milhões, fora eu o vencedor. E me perguntava: para quê? Entre aqueles tantos que eu vencera, quantos não teriam valido mais a pena do que eu? E desejei, intensamente, que eu tivesse perdido a corrida, tornando-me um não ser, um habitante daquele limbo anterior à existência, em que se afogaram, no mar da felicidade, os espermatozoides que não vingaram.

Eu fechara os olhos e sentia que lágrimas novamente rolavam por minha face. O desespero me rondava outra vez, pois eu sabia que poderia chorar uma cachoeira que ninguém viria em meu socorro. Cheguei a pensar em invocar o demo e propor-lhe um pacto, rogando a ele, como rogara a Cristo: "Satanás, eu também quero ser feliz". Mas por que o demo se interessaria em ganhar a alma de alguém tão insignificante como eu?

FRANCISCO Veja que também os meus olhos brilham de comoção. Eu que sou um homem tão calejado pelos embates da vida.

JESUS No entanto, eu estava enganado, Francisco, não sei se quanto ao demo, porque, naquele momento, já estava se dando um acontecimento não digo sobrenatural, mas extraordinário, e que me envolvia. Pois comecei a reparar no som, não muito alto, mas contínuo, de um mecanismo em movimento, cada vez mais próximo de mim. Abri os olhos e vi que estava sendo filmado. Era um rapaz louro quem segurava a câmera, mas quem dava as ordens era uma moça morena e bonita do seu lado. "Agora filma bem o rosto", ela dizia. "Depois tente ocupar todo o visor com uma lágrima e depois outra. Vou querer, ocupando toda a tela, os reflexos da rua nessas lágrimas do mendigo, ou quem sabe de seus pensamentos. Talvez montemos no interior dessas lágrimas outras imagens que ainda não sei quais serão."

"Mas o que significa isso?", eu disse, indignado de verdade. "Os turistas agora estão filmando os nativos pobres?" O rapaz, que estava na cara era um estrangeiro, apenas enrubesceu, mas a moça me explicou a situação. "Desculpe-me não ter lhe explicado antes, senhor, mas é que precisávamos de toda a sua naturalidade. Estamos fazendo um filme, um semidocumentário sobre os moradores de rua."

"A senhora, ou senhorita, disse 'mendigo'", eu disse. "Os reflexos da rua nas lágrimas do mendigo. E quem lhe garante que eu moro na rua? Está tão na cara assim?"

"Bem, pelo menos me pareceu", ela disse. "Mas, enfim, pessoas que perambulam pelas ruas. E o senhor me pareceu a mais interessante delas. Já lhe disseram que se parece com Jesus Cristo?"

"Já", eu respondi, entediado.

"E qual o seu nome, posso saber?", ela perguntou.

"Jeremias", eu disse, sem saber por que esse nome me veio à cabeça. Mas se eu dissesse Jesus, talvez lhe parecesse um desses loucos de rua, e isso era uma coisa que não queria ser diante daquela moça tão bonita e decidida, que eu começava a achar muito simpática.

"E eu me chamo Ana Maria", ela disse, e aproximou-se de mim e, por um momento, tive a impressão de que ia me cumprimentar com um ou dois beijos nas faces, como fazem as pessoas de uma condição social acima da minha, mas antes que isso pudesse acontecer, eu já lhe estendera a mão, na defensiva, pois conhecia bem o meu lugar. E o mais estranho, como você bem sabe, Francisco, é que nós que vivemos à margem não estamos acostumados nem com apertos de mão. Mas ela apertou calorosamente a minha e depois fez um gesto na direção do rapaz louro.

"Este é Peter, meu companheiro", Ana Maria disse. "Ele é canadense." E foi a vez de eu trocar um aperto de mão com o rapaz, que também era bastante simpático, apesar de tímido.

E Ana Maria continuou: "Já vínhamos acompanhando os seus passos a uma certa distância e o filmamos, Jeremias".

"Não vai me dizer que me filmaram quando eu urinava entre dois carros estacionados, pois não vou admitir isso", protestei.

"Não, pode ter certeza de que o respeitamos, Jeremias, e que só usaremos a sua imagem se o senhor nos autorizar. Mas gostaríamos que o senhor soubesse que suas palavras nos pareceram de uma força devastadora, que seria inestimável para o nosso filme, e que desde o seu nome o senhor é um predestinado. Pois o senhor falava como um profeta, e se rogava pragas, é porque deve ter todas as razões do mundo para isso. Corrija-me se eu estiver errada, mas ouvi o senhor clamar por um terremoto e depois pela peste. E ao falar dessa peste — eu que me adiantara um pouco para ver melhor o seu rosto —, percebi que os seus olhos brilhavam de um modo sonhador e delirante e que suas palavras continham uma espécie de poesia maldita, mas bela. Infelizmente, a distância em que seguíamos o senhor não nos permitia gravar com nitidez suas palavras. E, por fim, ouvimos nitidamente o senhor bradar pela democracia. E só aparentemente é desarrazoado afirmar que somente com a peste teremos a democracia, a igualdade, sendo as coisas como são. O senhor acha que seria capaz de repetir o seu discurso diante do gravador? Poderia também nos dar um depoimento sobre o motivo por que chorava nesse banco de praça? Desculpe-me dizer isso, Jeremias, diante da sua dor, mas me pareceu uma cena tão bonita."

E nesse momento, Francisco, julguei ver que em seus olhos brilhavam quase lágrimas, mas eu ansiava, em meu amor-próprio, não por sua compaixão, mas pelo seu afeto. E eu tinha ganas de dizer à Ana Maria: "Faça de mim e de minhas palavras o que quiser". Mas meu senso de realidade me fez dizer outra coisa: "Olha, senhorita, as palavras nunca seriam as mesmas, ainda que eu as repetisse, uma a uma, pois elas brotaram carregadas das emoções terríveis daquele momento, em que talvez eu estivesse inspirado por espíritos do mal, como antes, na igreja, estive pelos do bem. E se eu explicasse as razões do meu choro, que teve a ver com a nostalgia do limbo dos que não chegaram a nascer, com os espermatozoides perdidos e com o fruto antes maldito e depois bendito de uma mulher torta e corcunda, talvez a senhorita quisesse fazer outro filme. E quem disse que estou disposto a aparecer no cinema ou na TV como um desses vagabundos ou tipos folclóricos ou malucos que pregam nas ruas? Se ao menos houvesse uma remuneração digna, quem sabe eu poderia até me lembrar de minhas palavras?".

A moça pareceu animar-se e disse: "Infelizmente já estouramos quase todo o nosso orçamento, mas poderemos, sim, estudar uma pequena remuneração para o senhor. Discutiremos essa remuneração e vou até lhe confessar uma coisa que me deixará em suas mãos. Depois que o vi e ouvi, enquanto o senhor vagava pela rua e depois chorava discretamente no banco da praça, não consigo mais pensar no filme sem o senhor. Não lhe parece também assim, Peter?".

"Sim, sim", disse Peter, com o seu sotaque arrevesado. E Ana Maria voltou a tomar a palavra: "O senhor andando pelas ruas e dizendo as suas profecias me pareceu um ator nato. Nunca lhe disseram isso?". "Sim, no orfanato", eu respondi com um certo orgulho. "Onde?", Peter perguntou. "Ora, esqueça", eu falei. E, de pé, voltei a falar com Ana Maria.

"Moça", eu disse. "Vou ser sincero e também me colocar em suas mãos. Simpatizei com você e seu namorado e gostaria muito de ajudá-los em seu filme. Mas o meu problema é urgente, pois estou com fome, não como desde ontem, porque o albergue onde estava vivendo fechou hoje cedo e não nos deram nem o café da manhã. Eu fico até com vergonha de dizer, mas não poderiam ao menos me oferecer um prato feito num botequim, enquanto discutimos a minha participação no filme? Vou lhes contar uma coisa que duvido vocês acreditarão, mas o padre da igreja aí em frente" — e apontei para ela, percebendo que o padre Rui estava à porta — "me roubou cem reais que ganhei de uma senhora a quem prestei auxílio num momento de extrema gravidade."

"Por que não acreditaremos? Nós somos socialistas e ateus. Estamos com pouco dinheiro, mas lhe ofereço duzentos e cinquenta reais para amenizar tal ofensa, e o convido de novo a participar de nosso filme. Eu lhe pagarei de todo modo, mas dessa forma o senhor fará jus ao dinheiro também por seu trabalho."

Ela tirou de sua sacola algumas notas de cinquenta reais e contou-as, e eram justamente cinco notas. Peguei aquele dinheiro emocionado, Francisco, entre várias coisas porque o recebia com a dignidade de quem é pago por seu trabalho. Guardei-o no bolso e disse à Ana Maria: "Estamos, então, combinados. Autorizo vocês a usarem o que filmaram da minha pessoa e estou à disposição para outras cenas".

Ana Maria mostrou-se animadíssima: "Agora me vieram à mente algumas soluções para introduzirmos como reflexos em suas lágrimas. A montagem permite isso. Podemos conseguir em livros antigos imagens terríveis de pestes. E também não será nem um pouco difícil conseguir fotografias de cidades devastadas por terremotos".

Naquele momento, Francisco, me veio à cabeça que eu quase invocara o demo, ou talvez o invocara. Você acha, Francisco, que Satanás poderia se manifestar numa jovem tão graciosa?

FRANCISCO Se o demônio de fato existisse, seria um disfarce perfeito, sem dúvida. Mas fico pensando que, no seu caso, o raio caiu duas vezes no mesmo lugar esse dia. Se eu não o conhecesse bem, acharia que estava mentindo. Você roubado em cem reais é recompensado, vá lá, pelo seu trabalho, em mais do que o dobro dessa quantia. Isso de fato parece um milagre. Um milagre de Jesus, ha, ha, ha.

JESUS Não ria, pois é bem isso, e as palavras que Ana Maria disse a seguir soaram como música de anjos em meus ouvidos. "Quanto à sua fome", ela disse, "em nossa sacola trouxemos dois daqueles pães grandes, com queijo e salaminho. E o senhor não vai nem acreditar: trouxemos também uma garrafa de vinho tinto. E enquanto fizermos nossa refeição, discutiremos nosso filme, e o senhor poderá decidir o que mais deseja colocar no interior de suas lágrimas ou fora delas. Pois o filme é também seu, Jeremias."

Aquilo me conquistou para valer, Francisco, e resolvi abrir o jogo todo para Ana Maria. "Antes tenho uma coisa a lhe confessar", eu disse. "Eu não me chamo Jeremias. Meu nome é Jesus, pois assim me batizaram no orfanato e até hoje me chamam por esse nome. Mas quando fugi de lá, não trouxe nenhum documento."

Foi aí que se deu um grande acontecimento. Ana Maria adiantou-se, deu-me um abraço apertado e me beijou nas duas faces, como se me cumprimentasse pela primeira vez. Beijos que retribuí. E, para orgulho meu, percebi que Peter nos filmava enquanto isso.

"Mas que lindo que se chame assim", ela disse. "E se o senhor Jesus nos permitir, nós o filmaremos um pouco enquanto fizermos nossa modesta refeição num desses bancos da praça.

Comendo o pão e bebendo o vinho, não precisaremos dizer nada, mas com sua aparência, além de tantas coisas que terá dito antes e poderemos aproveitar em parte, ficará claro que o senhor é um verdadeiro Jesus do nosso tempo, com o seu amor e sua justa ira."

Céus, Francisco, aqueles dois beijos no meu rosto, que até hoje sinto o úmido deles — e também as suas faces tocadas por meus lábios, os seios dela de encontro ao meu peito —, aquilo que para um jovem normal seria apenas uma forma gentil e carinhosa de cumprimento, para mim, que estava habituado ao desprezo, ao escárnio e à indiferença, foi como a mais aguda pontada no coração, que transbordou de um amor imediato e fulminante. Ana Maria era de Peter, não minha, e logo eu não deveria mais vê-la, pois ela me disse que morava no Canadá, mas em verdade eu lhe digo, Francisco, aqueles momentos foram dos mais significativos em minha vida, mais um maravilhoso milagre naquele dia — e até hoje os carrego em mim como um tesouro precioso, um bálsamo em meu corpo e alma fatigados.

FRANCISCO E o filme, Jesus? Como foram as cenas em que você deverá aparecer nele?

JESUS Bem, é um filme modesto, que será mostrado no Canadá. Mas alegra-me saber que minha imagem viaja com ele. E não apenas as cenas em que eu estivera andando pela rua bradando aos céus e aos infernos seriam aproveitadas, como também a troca de beijos com Ana Maria. Além disso, Peter nos filmou enquanto eu e Ana Maria comíamos e bebíamos, sentados à mesa da pracinha, quadriculada como um tabuleiro de damas, e houve um momento em que ela me pediu que passasse o sanduíche, e eu, num improviso, levantei-me, parti o pão e dei um pedaço grande à Ana Maria e a benzi. Uma alusão transformadora, percebe?, pois se tratava de Jesus e uma mulher. E era essa mulher que servia vinho a Jesus num copo de plástico e recebia dele o pão, tudo se juntando para formar uma comunhão ou ceia, que prefiro não chamar de santa, apesar de todas as maravilhas do dia.

FRANCISCO E as lágrimas, Jesus? Afinal o que decidiram montar no interior das lágrimas?

JESUS Bem, eu não queria mais que em minhas lágrimas aparecessem a peste e o terremoto, pois me sentia recompensado dos percalços do dia, sem nenhum ânimo vingativo. Nada de ressentimento ou autopiedade, pelo contrário, eu me sentia triunfante. Pode parecer um pouco cabotino, mas pedi a eles que em minhas lágrimas aparecesse eu próprio, crucificado, mas de uma forma diferente da que aparece na história sagrada, eu de braços abertos encostado numa árvore e sorrindo. Desse modo, em vez de Jesus ter aquele fim lastimável da história sacra, Ana Maria se aproximava dele e o beijava novamente, numa referência inversa ao beijo de Judas. E ela lhe estendia a mão, e aí já não era mais para ser montado no interior de uma lágrima, e assim, de mãos dadas, a câmera nos pegava enquanto nos afastávamos cada vez mais naquela praça e depois na rua, até não sermos mais do que dois pontinhos na cidade imensa. E afinal não é isso que somos, Francisco, pequenos pontos na cidade imensa?

FRANCISCO Sim, é bem isso, Jesus.

JESUS E essa é a minha história, Francisco.

Páginas sem glória

1

Beleza pura também tem função? A arte deve ser aplicada? A esfera é a mais perfeita das formas? O gol bonito junta o útil ao agradável? (Já o gol de pênalti costuma ser apenas útil, a não ser quando o cobrador joga o goleiro para um lado e a bola de mansinho no outro canto, às vezes na trave ou para fora.) Mas útil exatamente para quê? Ganhar ou perder faz diferença diante da morte? Quem se recorda de que o time do Fluminense foi campeão em 1951 e 1959, a não ser aqueles coroas de bermudas nas arquibancadas, ou cadeiras, que são capazes de desfiar os times campeões do goleiro ao ponta-esquerda (Castilho, Jair Marinho, Pinheiro e Altair...) mas não se recordam de onde deixaram estacionado o carro nos arredores do Maracanã? O passado existe? Perguntas são mais sábias do que respostas?

Tudo isso a propósito do Zé Augusto, o Conde, com o qual ninguém se daria o trabalho de gastar algumas páginas, a não ser este cronista do supérfluo e passageiro, do arabesco, quase, como um passe lateral rolado com efeito pelo mero efeito, só captado pelas câmeras do jornal cinematográfico, que nem existe mais, assim como o ponta-esquerda fixo. Mas Garrincha fazia as duas coisas, poderão retrucar: o drible desmoralizador para o prazer da arquibancada e o passe na medida para ganhar o jogo. Garrincha morreu mal, mas entrou na história. Já o Zé Augusto não se sabe nem se morreu.

Adianta alguma coisa "sair da vida para entrar na história"? Ou terá Getúlio Vargas, o autor da frase, só que na primeira pessoa, fruído a eternidade de um momento pleno em seu último lance político perfeito e irretocável? Deu Getúlio sua famosa risadinha diante dos problemas que deixava para os adversários, antes de disparar o tiro no coração, coisa de profissional? Fumou seu inseparável charuto enquanto arquitetava?

Tudo isso a propósito do Zé Augusto, quem diria, que foi dispensado pelo Fluminense e Bonsucesso por falta de seriedade e combatividade, para dizer o mínimo, entre outras insinuações mais graves. Dizer que era covarde, entre outras coisas, só porque andou poupando suas canelas finas da sanha de zagueiros suburbanos? Valeria a pena quebrar a perna apenas para que os parcos torcedores do Bonsuça, engrossados naquele campeonato de 1955 por diletantes de outros clubes, se vangloriassem de que o Zé Augusto tinha raça? Torcedores, alguns, que nem sabiam onde ficavam as ruas Bariri e Teixeira de Castro. Dizer também que era venal simplesmente por causa de um lance menos ortodoxo, bonito apesar de malogrado?

O povo tem necessidade de mártires e culpados, e a civilização — se se pode chamar assim o que aqui temos — é feita de sentenças lapidares, imperiais, napoleônicas: "Diga ao povo que fico"; "Independência ou morte"; "Do alto dessas pirâmides não sei quantos séculos nos contemplam". Ou aquela do citado Vargas: "Saio da vida para entrar na história". No futebol, uma dessas frases é: "Treino é treino, jogo é jogo". Sentença esta elevada à primeira pessoa pelo singular Didi: "Em treino eu treino, em jogo eu jogo". Ou esta outra, dele mesmo, ou talvez do Gérson: "Quem corre é a bola".

Já o Zé Augusto só costumava correr na boa e jogava igual treinava, alternando altos e baixos, quase brincando, o que levou o seu primeiro e penúltimo treinador a sério — embora os da praia também se levassem a sério — a defini-lo com uma, ou melhor, duas, dessas frases lapidares, que podem mesmo enterrar alguém: "Esse rapaz não tem espírito profissional. Talvez um clube mais modesto o adquira". O que, por sua vez, levou a diretoria do Fluminense a cedê-lo graciosamente ao Bonsucesso Futebol Clube, tradicional mas não muito gloriosa agremiação da cidade de São Sebastião do Rio de Janeiro, fundada por Estácio de Sá em 1º de março de 1565.*

---

* Os homens de Estácio de Sá não jogavam futebol, mas acho que existem por aí gravuras que mostram índios chutando alguma coisa numa praia. Uma caveira, talvez. Não, devo estar errado, porque uma caveira esfolaria os pés, mesmo de índios.
Pensando aqui num jogo entre tupinambás em que o ponta-esquerda arranca em velocidade com a bola, ou algo semelhante, e acaba saindo com ela pela linha de fundo. Cai no meio das folhagens e não retorna ao jogo. Só que, no caso, não foi câimbra nem cansaço, mas uma cobra venenosa. Um dos exemplos mais trágicos de contusão futebolística em todos os tempos.
De lá para cá o futebol de praia evoluiu muito, mas ainda tem os seus macetes. "Jogo rápido e rasteiro", por exemplo, não pode ser considerada uma sentença válida, pelo menos no que diz respeito ao segundo item, por causa da irregularidade do terreno. A menos que se jogasse naquela faixa de areia mais dura junto ao oceano (isso antes dos aterros em Copacabana e Ipanema, evitando que as partidas transcorressem próximas à água). Mesmo assim um ponta-direita podia vir com tudo para centrar sobre a área, depois de aplicar um drible no lateral-esquerdo, apenas para ver a bola roubada pela espuma e chutar o vento. O que era no mínimo poético, uma imagem para o acaso e o efêmero, metáfora para a própria vida, e podia explicar uma certa indiferença do Conde

* * *

O Zé Augusto foi pinçado do futebol de areia por um olheiro do Fluminense, um sujeito fino, de terno branco e gravata, que não podia passar perto de uma bola rolando em qualquer terreno baldio sem parar para assistir. E o que ele assistiu na praia, da calçada da avenida Atlântica, naquela tarde, além de dois times jogando com muita disposição e um pouco menos de técnica, foi um atacante que se destacava pelo contrário: uma técnica que beirava o requinte e nem tanta disposição assim. Era o Conde. Numa jogada, ele foi conduzindo a bola pelo alto, sem deixá-la cair — o que neutralizava a irregularidade do terreno —, praticamente fazendo embaixadas e dando chapéus nos adversários, até pôr a bola no chão, já cara a cara com o goleiro. Poderia ter escolhido o canto e colocado. Mas obedecendo a algo assim como uma estrutura, um desenho, de toda a jogada, deu uma levantadinha com o pé direito, coisa fácil nas ondulações da areia, e, com o mesmo pé, coisa difícil em qualquer campo, deu um toque para encobrir o goleiro, que era meio baixo. Este conseguiu espichar-se todo e espalmar a bola para escanteio, caindo depois dentro do gol, o que mereceu não o inconformismo, mas uma risada do Zé Augusto.

Todo mundo sabe que da areia para o gramado vai uma enorme diferença, embora haja jogadores que se adaptaram às duas canchas, como o Edinho, o Zico, o Júnior, este criado no futebol de areia. Mas o fato é que combinados de profissionais de vários clubes costumam encontrar forte resistência e até perder da se-

pelo resultado das partidas. E havia casos de disputas feias e até ridículas entre contendores chapinhando na água rasa, que não raro terminavam em porrada. Papo de praia? Pois é, mas tem tudo a ver, porque foi precisamente do futebol de areia que o Zé Augusto foi pinçado, talvez por um equívoco de princípio, para a divisão profissional.

leção da praia, naqueles amistosos comemorativos das férias de fim de ano, quando se podem ver craques da seleção brasileira, contratados na Europa por verdadeiras fortunas, jogando de graça em Copacabana e brigando pela bola até no tapa.* E também no futevôlei, com Romário, Edmundo e tudo, a hierarquia pode ser muito outra, com craques consagrados perdendo para os anônimos da praia.

Porém, o olheiro do Fluminense pensou da seguinte forma: se aquele atacante sabia optar pelo jogo aéreo, adaptando-se a uma cancha fofa e cheia de ondulações, saberia botar a bola no chão quando as circunstâncias de um bom gramado o exigissem. Era um raciocínio inteligente, o que não queria dizer que a realidade se conformasse necessariamente a ele.

De todo modo, da praia o Zé conhecia tudo e jogava em vários times, às vezes numa só temporada, contribuindo com seus gols para que uma equipe ganhasse e perdesse pontos num único torneio, quando chegava a ser um torneio. Diziam até que em certas peladas jogava um tempo por um time e um tempo pelo outro. Pode ser. Onde não há súmulas, registros escritos, regras precisas, costuma crescer o mito que, depois, pode se perenizar em palavras impressas, o que inspira respeito.

Então se falava — e agora se escreve — de uma jogada do Zé Augusto, jogando pelo time da Sá Ferreira, que teria transcorrido assim: havendo a bola caído no mar, o Conde foi lá e, em vez de

---

* Outros jogos famosos da praia eram aqueles dos travestis por uma tarde, em toda a orla da zona sul no dia 31 de dezembro de cada ano. A turma, jogando de salto alto, dava gritinhos, se engalfinhava, puxando os cabelos ou perucas uns dos outros, depois de saquear os guarda-roupas das mães, irmãs e até esposas. Provavelmente o Zé Augusto terá participado também desses jogos, embora disfarçado como os demais atletas.

bater o lateral, como seria mais ou menos do direito, levantou a pelota com um dos pés, dali mesmo da água, e, depois, deu uma bicicleta em direção à área, se é que existia isso na areia, caindo ainda por cima no macio da maré alta.

Pegando a defesa no imprevisto, um companheiro seu cabeceou livre no canto e marcou o gol. Os jogadores do time adversário cercaram o juiz, reclamaram, o empurraram e, por fim, o expulsaram, sob a alegação de que lateral, em qualquer campo, se bate com a mão. Ou mesmo com o pé, mas tem de ser batido. O argumento do juiz era que, na praia, enquanto o sujeito está conseguindo chutar está valendo, não interessa se dentro ou fora d'água. Bandeirinha era óbvio que não havia, inclusive porque não se dispunha de bandeiras, nem mesmo uma toalha num pedaço de pau. Isso tudo, é claro, antes de existir uma liga bem organizada de futebol de areia, jogos com televisionamento e uma seleção brasileira profissional disputando campeonatos internacionais. E também os aterros, como foi dito, que aumentaram em muito a faixa de areia, permitindo a demarcação de campos e a montagem de arquibancadas. Enfim, a praia se profissionalizou como todo o resto.

Mas, naquele tempo, a expulsão de juízes, em vez de jogadores, ocorria com uma frequência que, convenhamos, era a maior sacanagem. A turma dos dois times pedia, implorava, a um conhecido ou desconhecido que aceitasse o apito, se houvesse apito, jurando-lhe obediência, lealdade e coisa e tal, e, depois de um errinho qualquer, dependendo de pontos de vista, expulsava e não raro agredia a autoridade máxima em campo.

O mínimo que se podia dizer do resultado daquele jogo era que foi curioso: para o time da Sá Ferreira, pelo qual jogou o Conde, foi 2 a 1 a seu favor. Para o time da Miguel Lemos foi empate. Na hora a coisa ficou no bate-boca, mas, a partir daquela tarde, nenhum membro das turmas de uma das ruas podia passar pela outra sem ser hostilizado. Durante meses a fio houve confrontações, quase conflitos, mesmo após esquecido o motivo inicial da disputa. Quanto ao pivô da rixa, continuava a passear com tranquilidade por todas as ruas do bairro, porque era simplesmente o Zé Augusto, o Conde. Bom de bola, bom de papo e outras coisas, e ainda mais sem time definido, cobiçado por todos. Até morava na Gávea, e se não saía de Copacabana era porque lá era o bairro onde se vivia de verdade.

Mas como, filtrando rumores e boatos, se fica sabendo de todas essas coisas? No caso do olheiro tricolor foi simples. Naquela tarde em que o Conde, esbanjando categoria, foi por ele observado, houve um mulato grisalho, de chinelos, calça larga e camisa parecendo paletó de pijama, se não fosse mesmo, que, da calçada, gritava instruções para dentro do campo, nas quais nenhum jogador prestava atenção, até porque a acústica não permitia.

— Vê se se desloca para receber. Se desloca, porra — ele ordenava a alguém do time da Sá Ferreira, quando o olheiro o abordou, depois de ter assistido ao tal lance das embaixadas.

— O senhor é o técnico?

— É, eu oriento aí a rapaziada — o da camisa parecendo paletó de pijama respondeu, coçando a cabeça, encabulado. Mas se encheu de orgulho quando soube que estava servindo de intermediário a um grande clube profissional, embora ele próprio torcesse pelo Vasco, como fez questão de frisar. E prestou todas as informações úteis e inúteis sobre o Zé Augusto. Uma delas — ainda não se sabia se útil ou inútil — era que o Zé era amante de uma mulher casada, da alta sociedade, o que poderia estar prejudicando o seu preparo físico. Difícil saber com exatidão o que o técnico entendia por "alta", pois isso depende do patamar onde o observador se acha. Mas amante era uma palavra que continha naquele tempo uma certa aura, a que não ficava insensível o olheiro de terno branco e gravata.

— Posso saber qual é a sua graça? — ele perguntou ao técnico.

— Meu nome é Uílson de Freitas, com u mesmo, mas o pessoal me chama de Tigela, o que eu vou fazer? — ele disse rindo com seus poucos dentes, que talvez tivessem algo a ver com o apelido.

Do informe do Tigela, já num restaurante de nível o mais elevado que o seu traje permitia, constou ainda que o José Augusto tinha vinte e dois anos e pertencia a uma tradicional família paulista. Não tendo o pai renovado o seu mandato como deputado federal, o filho se deixou ficar para trás na capital, na época o Rio de Janeiro. O apelido de Conde tinha a ver com tal filiação, mas também, segundo se dizia, com um namorico passageiro com uma cantora de sobrenome aristocrático. Quando o pai do rapaz soube que a matrícula dele numa faculdade particular de direito não passava de fachada para a boa vida, cortou-lhe a parte da mesada destinada à mensalidade, reservando-lhe apenas o suficiente para moradia e alimentação.

"Melhor", pensou o olheiro, pois assim seria mais fácil convencer o Conde a fazer um teste no Fluminense para um contrato profissional. Isso se a tal mulher da alta não estivesse ocupando o lugar do pai no tocante ao problema pecuniário.

Mas uma das coisas de que o olheiro teve de se informar por conta própria, quando jantou com o Zé Augusto na noite seguinte, num restaurante que já não necessitava de explicações, foi que o jovem apreciava os puros-sangues, pois no bolso de uma camisa esporte sobrava um pedaço de programa de corridas. Reparou também que o Zé aceitou de bom grado tomar um vinho de boa qualidade e bebeu a metade da garrafa. Ambas as coisas podiam sinalizar problemas, mas eram problemas para depois e amenizados pelas boas maneiras do rapaz, que, além de conversar desenvoltamente sobre assuntos de cultura, se não geral pelo menos de generalidades, soube acompanhar o anfitrião num pedido de ostras e também como usar aquela baciazinha com água para lavar as mãos. Apesar de agradável, não chegava a ser uma surpresa, vinda de quem tinha o apelido de Conde e era filho de quem era: o industrial e político da UDN paulista Francisco do Prado Almeida Júnior. A surpresa ficou por conta de que, entre as generalidades da cultura do Conde, o futebol profissional não ocupava quase nenhum espaço. Ele nem sabia quem liderava o torneio Rio-São Paulo em andamento, como se o seu esporte preferido, pelo menos enquanto espectador, fosse de fato o turfe.

Mas como fiquei eu próprio sabendo dessas coisas todas? Também foi simples. O olheiro era meu tio e confidente. E tudo isso que se mencionou nesses informes, somado à boa pinta do José Augusto e à performance dele na praia, foi mais do que suficiente para que meu tio anunciasse nas Laranjeiras, no dia seguinte, que tinha nas mãos um novo Heleno de Freitas.*

---

* De Heleno de Freitas, mesmo os que não gostam de futebol já ouviram falar. Infelizmente não havia videoteipe em sua época que pudesse registrar suas jogadas. Bonito, mulherengo, boêmio, de família rica, craque de grande elegância, centroavante com passagens pelo Botafogo, Vasco, Boca Juniors, seleção brasileira; temperamental, às vezes irascível, morreu, depois de uma curta passagem pelo América do Rio, louco e gordo do tratamento num manicômio em Barbacena, Minas Gerais, o que lançou alguma luz sobre o seu comportamento absolutamente imprevisível, instável e atormentado, quando jogador. Para sacaneá-lo, os torcedores adversários apelidaram-no de Gilda, personagem de cinema interpretada por Rita Hayworth, grande estrela de Hollywood. Também bela, boêmia, temperamental. Certa vez, não sei se jogando pelo Botafogo ou pelo Vasco, depois de ser provocado pelo coro insistente da torcida do Fluminense em Laranjeiras — Gilda, Gilda, Gilda —, balançou os testículos para a tribuna social do clube tricolor, naquela época só frequentada por famílias de respeito e pessoas de gabarito social, o que não quer dizer que as pessoas que a frequentam agora, para ver treinos, também não o sejam. Porém, menos. Um clamor de indignação e impropérios percorreu a tribuna, e não fosse o forte policiamento, o campo teria sido invadido e Heleno, espancado.

2

No tempo do Zé Augusto, além das divisões de juvenis, aspirantes e profissionais, havia outra turma dentro dos times grandes, que podiam dar-se a este luxo: a do "come-e-dorme". Como o próprio nome indica, era um pessoal que ficava apenas treinando, à espera de uma oportunidade: fosse nos aspirantes, os que haviam estourado a idade de juvenis mas não estavam no ponto para o futebol de adultos; fosse nos profissionais, os que se encontravam em experiência ou sem contrato, muitos deles com categoria e idade respeitáveis demais para serem meros aspirantes. Os que tinham passado do ponto, enfim. Aliás, existem os que passam do primeiro ao último estágio na vida sem jamais atingirem o tal ponto.

Era no come-e-dorme que o Zé Augusto estava sendo testado no Fluminense, que iniciava seus preparativos para uma rápida excursão à Europa, antecedendo o campeonato carioca de 1955, que só começaria no segundo semestre, quando se produziram dois acontecimentos fundamentais para o Conde. O primeiro deles foi uma contratura muscular sofrida pelo centroavante e artilheiro Valdo, num coletivo de titulares contra os aspirantes. O técnico olhou para a margem do campo, onde o pessoal do co-

---

Entre essas pessoas de gabarito e respeito encontravam-se minha mãe e minha avó. Logo depois, esta última, já entrevada e caduca, abandonou as canchas. Quanto à minha mãe, a crônica familiar contava que já havia até se intrometido numa briga de bengaladas no campo do Botafogo, clube do qual conservou uma birra da infância à velhice, coisas de turmas de bairro do Rio antigo.
Minha mãe ainda permaneceu por muito tempo indo a jogos importantes do Fluminense, logo já no Maracanã. Depois parou, porque ficava muito nervosa e temia morrer do coração. Nas finais de campeonato em que o Fluminense era parte, não ligava nem o rádio, com medo de passar mal. Mas guardava uma garrafa de champanhe na geladeira, para o caso de vitória. Como o Fluminense ganhava muitos campeonatos, tomamos champanhe muitas vezes.

me-e-dorme e dos juvenis se aquecia para um treinamento entre os dois grupos, e lembrou-se das informações prestadas por meu tio. O clube estava cheio de sócios palpiteiros, e Gradim, o técnico, com toda a sua experiência, já aprendera havia muito a desconfiar desse tipo de indicação de jogadores desconhecidos, que só dava certo uma vez em vinte, ou mais. O Fluminense tinha seus próprios informantes no interior dos estados do Rio, Minas e São Paulo, ou até mais longe, para formar o time de juvenis, numa prática que costumava produzir melhores resultados, para depois abastecer o time de profissionais, numa época em que ainda não vinham os europeus, para levarem nossas melhores promessas. E jogador com a idade do Conde que estivesse dando sopa no Rio, sem clube para jogar, não devia ser lá grande coisa. Mas Gradim era amigo do meu tio e mandou o Zé Augusto terminar o treino no lugar do Valdo.

Mas se o técnico estivesse se importando muito com aquele teste, não teria entrado no vestiário junto com o médico do clube e o centroavante titular, para ver se a contusão dele era grave. O que acabou sendo sorte do Zé, porque nos primeiros quinze minutos ele não viu a cor da bola. Os companheiros não o conheciam — para não dizer que não o desejavam —, e, além disso, o Conde estava fora de sua verdadeira posição, tendo de jogar bem na frente, na função do Valdo. Na praia, ele era mais um ponta de lança. Presente nas finalizações, porém voltando bastante para buscar jogo.

Então o Zé praticamente se limitava a esperar passes que não vinham e a assistir ao treino de dentro do campo. Correr atrás da defesa adversária, para roubar a bola, nem pensar, pois não estava a fim de cair na roda como "bobo", o que confidenciou depois a meu tio. Não que estivesse aborrecido com o boicote dos companheiros, mas também não fizera muita questão de vir tentar a sorte no Fluminense. E estava ali por circunstâncias, inclusive financeiras, e para ver como é que era. E via. O treino era chato; o calor, abafado; e o seu fôlego, comparado com o dos profissionais, era pouco.

Foi quando desabou uma tempestade e o treino virou pelada. Esse foi o segundo acontecimento fundamental, naquela manhã, para a trajetória do Zé Augusto. A bola encalhava nas poças d'água, o gramado rapidamente virava lama e os companheiros do Zé começaram não propriamente a destinar-lhe passes, mas a dar chutões para a frente, onde ele se encontrava posicionado. A defesa dos aspirantes começou a dar pixotadas, naturais nesse tipo de terreno, e, numa dessas, a bola espirrou e caiu nos pés do Zé Augusto, na intermediária adversária. O que fazer? Em cancha encharcada, nada aconselha a trocar passes ou correr com a bola. E um zagueiro contrário vinha com tudo para cima do Zé.

Para quem estava acostumado com a areia fofa, apesar de nela jogar descalço, era simples: com o bico da chuteira o Zé levantou a bola da lama, encobriu o zagueiro e deu uma corridinha para receber o passe de si mesmo lá na frente, já na entrada da área. O goleiro não teve remédio senão vir ao seu encontro. Encurvado, abriu os braços para fechar o ângulo e fixou os olhos no atacante.

Até aí nada, porque era o que mandava a boa técnica. Só que o goleiro era ninguém menos que o Castilho, treinando entre os reservas para ser mais exigido pelo ataque do time principal. E o olhar e os braços enormes do Castilho, titular da seleção brasileira na recente Copa do Mundo de 54, pareciam o olhar feroz e as asas abertas de uma águia. Mas o grande goleiro se esqueceu de fechar as pernas, talvez porque fosse um simples treino; talvez ainda porque tivesse diante de si apenas um novato desconhecido, a quem bastaria impor respeito.

Não que o Zé Augusto quisesse desrespeitar o Castilho, mas respeito demais também não tinha, pois não acompanhava o futebol profissional de perto. As pernas abertas do outro estavam pedindo e o Zé enfiou a bola entre elas, porque era o caminho mais fácil para o gol. Um diretor entrou no vestiário e passou a informação ao Gradim: "O novato marcou um gol entre as pernas do Castilho".

O técnico veio assistir. A essa altura os titulares já encaravam o Zé Augusto com alguma consideração e queriam testá-lo de verdade, talvez para desmascará-lo depois do abuso com o Castilho. Passaram-lhe uma bola entre duas poças d'água, outra vez na intermediária, pois o Conde estava recuando instintivamente para a sua verdadeira posição. Bom, primeiro era preciso tirar a bola de uma poça para a qual ela resvalara e ele tirou, com um toquezinho, para depois pisar na pelota numa pequena elevação formada pela lama, parecida com aqueles montinhos de areia na praia. Descobrindo o ponta livre na esquerda, o Zé dirigiu-lhe um passe longo, pelo alto, como garantia de que a bola chegaria ao seu destino.

O estilo do ponta-esquerda, o mineiro Escurinho, era o de pôr a pelota no chão e correr com ela em grande velocidade. Mas, com o gramado naquelas condições, não dava. E o Escurinho, contrariando suas características, devolveu a bola de primeira, com a cabeça, para o Zé Augusto, que, penetrando entre os dois zagueiros, emendou com um chute seco, de sem-pulo, antes de a bola tocar no gramado e aderir a ele. Não foi gol, porque a essa altura o Castilho já estava alerta, com os brios mexidos, e esticou-se todo, pondo a bola para escanteio e se esparramando na lama. Houve aplausos, dos poucos sócios e torcedores fanáticos que assistiam a treinos. Os aplausos eram mais para o Castilho, grande ídolo tricolor. Mas se o Castilho fora obrigado a empenhar-se numa defesa espetacular num treino, era porque alguém o obrigara a isso. E esse alguém era um novato com o apelido de Conde, como já começava a correr de boca em boca.

O treino havia virado jogo e talvez o Zé não soubesse disso. Porque pisou na bola de propósito sobre uma poça, esparramando água suja no zagueiro central dos aspirantes, Roberto. Este não teve dúvidas: deu uma pregada no Zé, para castigar sua petulância. O Conde deveria, pelo menos em tese, estar tomando sua primeira lição séria no futebol profissional: não brincar em serviço. Aquele zagueiro, sem força de expressão alguma, estava defendendo o leite das crianças. Queria uma chance no time de cima e o Zé, assim, o fazia cair no ridículo. E nem olhou para o atacante se contorcendo no chão.

O técnico resolveu encerrar o treino para não expor os jogadores a mais contusões naquela cancha encharcada, depois do que já acontecera com o Valdo (este em terreno seco) e o novato. O próprio Castilho estava se queixando de dores no ombro, consequência daquela defesaça.

José Augusto, o Conde, saiu de campo mancando, mas, em poucos minutos, tinha marcado um gol de craque e obrigado o Castilho a sujar o uniforme todo de lama.

Os diretores do Fluminense sabiam que, às vezes, vinham olheiros de outros clubes aos treinos em Laranjeiras, entre outras coisas para aliciar jogadores sem contrato. Havia rumores de que o Tigela dera com a língua nos poucos dentes e de que o Vasco estaria interessado no Zé. Então, apesar de o Gradim pedir um pouco de tempo para observar melhor o jogador, o diretor de futebol profissional mandou o Zé Augusto passar no dia seguinte no clube, para discutir as bases de um contrato. Pois não fora o próprio Castilho, com muita generosidade e espírito esportivo, quem dissera para o novato no vestiário: "Rapaz, prefiro você no meu time do que nos outros"? E o fato é que na tarde seguinte o Zé telegrafou ao pai: "Arrumei um emprego. Vou ficar no Rio e não precisa mais enviar dinheiro. Talvez me mandem até à Europa. Beijos na mãezinha. José Augusto".

No contrato constou o nome inteiro do Zé. José Augusto do Prado Almeida Fonseca. Mas, entre parênteses, Conde, que foi o nome que o novo jogador passou a usar nas súmulas e escalações.

Como eu fiquei sabendo de todas essas coisas? Destas últimas, por meu tio, mas, quanto ao treino, eu estava lá vendo.

3

Por que, depois de lances como os descritos, que se repetiram, irregularmente, em alguns treinos e jogos amistosos — em que o Zé atuava apenas uma parte do tempo —, o novo contratado, em vez de jogar o campeonato de 1955 pelo Fluminense, nem que fosse pelo time de aspirantes, acabou emprestado ao Bonsucesso?

Bem, houve fatores futebolísticos e extracampo, e ainda outros no limite. Entre os primeiros, a citada irregularidade do Zé, que o fazia alternar jogadas de craque profissional com outras de peladeiro de praia, além de momentos de completa omissão tática e falta de combatividade, como se estivesse divagando no gramado. Havia também sua irreverência, que nem sempre era bem compreendida, como num lance de treino em que entrou com bola e tudo na meta vazia, depois de driblar Veludo, outro goleiro tricolor da seleção brasileira (sim, o Fluminense se dava ao luxo de ter dois), que não ficou nada satisfeito. Repreendido por Gradim, o Zé se desculpou:

— Eu estava só brincando.

— Futebol é coisa séria.

O Conde olhou para o treinador, deu-lhe um tapinha nas costas e sorriu, como se dissesse: "Ah, é mesmo?".

De todo modo levaram o Zé numa excursão à Europa, como

reserva do Valdo, que, depois da contratura muscular, ainda não voltara ao melhor da sua forma. E logo no segundo jogo, contra o Galatasaray, de Istambul, houve o incidente e a contusão do novo avante tricolor.

José Augusto entrou em campo aos vinte minutos do segundo tempo, quando o Fluminense perdia por 2 a 1. Os turcos são uma raça guerreira, para não dizer feroz, para não dizer cruel, e o jogo era violento. E Gradim optou por trocar o Valdo pelo Zé, para que se alguém tivesse de se machucar, fosse o reserva.

E lá estava o Conde no meio daqueles turcos carniceiros, muito bem marcado, quando decidiu lançar mão de um artifício para o qual se preparara. Em dois dias naquela belíssima cidade — que só ele, em todo o time, fazendo amizade com o intérprete da delegação, um professor universitário, soubera ter sido antes as esplendorosas Constantinopla e Bizâncio — aprendera algumas palavras da língua local, o que servia para divertir no hotel os companheiros, que já começavam a gostar dele.

Então foi assim: um centro do ponta-direita Telê caía sobre a área e ia ser facilmente cortado pelo zagueiro central do Galatasaray, quando o Zé gritou "deixa comigo" em turco, frase que aprendera com o intérprete, fingindo que por motivos meramente intelectuais. O zagueiro, pensando que a frase vinha do goleiro, deixou. E o Zé, livre, marcou de cabeça o gol de empate, que deu números definitivos ao placar.

O goleiro e o zagueiro do Galatasaray começaram a discutir, e não era preciso conhecer a língua deles para saber que um culpava o outro pelo gol. E quando já estavam quase brigando, o médio-volante turco, que vira e ouvira, perplexo, o Zé gritar a frase em sua língua, apontou para o atacante tricolor, que ria e arremedava a língua local no meio dos abraços dos companheiros.

A paz e o entendimento voltaram a reinar entre os defensores do time de Istambul. Só entre eles. Tentaram convencer o juiz da ilegalidade do lance, pedindo uma falta técnica, mas o árbitro era egípcio e não tinha a menor ideia de quem gritara o quê.

Instintivamente, a partir daí, o Conde recuou, não propriamente para buscar jogo, mas para fugir dele. Não deu resultado, porque a bola, como se diz, procura o craque. E quando ela veio se aninhar macia no peito do Zé, este a repeliu de pronto, pondo-a no chão e esticando-a rapidamente para o meia Robson, numa jogada inteligente que iniciava um ataque perigoso, inclusive para o Robson, que também passou de primeira, só que para ninguém, antes que os defensores adversários, furibundos, pudessem alcançá-lo.

Nem por isso o Zé escapou ileso. Pois um atacante turco também recuara, também ele não para buscar jogo e sim o Zé. No que foi bem-sucedido, dando-lhe um carrinho pelas costas, sem utilizar nem mesmo o pretexto da bola, que não estava mais ali.

Uma bola: foi exatamente isso que virou o tornozelo esquerdo do Conde, que saiu de campo de maca, foi levado a um hospital, passou pelo raio X etc. Fratura, felizmente não houvera, mas o tornozelo do Zé teve de ser imobilizado. Para ele, a excursão terminara e, além de uma muleta debaixo do braço, puseram-lhe uma passagem de volta nas mãos, com ordens de se apresentar ao departamento médico do clube tão logo chegasse ao Rio.

Não havia voo direto de Istambul para o Rio de Janeiro. Em geral se fazia a conexão em Roma, mas como tudo fora arranjado às pressas, o José Augusto seguiu para Paris, onde tomaria, na mesma noite, um Constellation da Panair do Brasil para a capital brasileira.

Um telegrama foi expedido para o pessoal do clube e, entre os que aguardavam o jogador no Galeão, na tarde seguinte, estava meu tio. Esperaram até descer o último passageiro, que devia ser o jogador, que vinha com dificuldades de locomoção.

Como ele não surgisse na escada, obtiveram licença para subir à aeronave, com uma cadeira de rodas, mas só encontraram lá dentro pessoas da tripulação. Só então se lembraram de conferir a lista de passageiros e não havia nela nenhum José Augusto do Prado Almeida Fonseca.

O Conde, apesar da família em que nascera, nunca tinha ido à Europa e estava frustrado por só ter conhecido Stuttgart, na Alemanha, cidade árida e bombardeada — e onde o Fluminense ganhou fácil e ele nem jogou —, e Istambul, que, apesar de belíssima e imponente, era meio asiática. Contemplando Paris do alto, emocionou-se e, no aeroporto de Orly, não foi difícil, com sua simpatia, convencer a funcionária da Panair a remarcar o seu voo para dali a três dias, pois visto de entrada ele já tinha, porque o Fluminense ia jogar lá. Telegrama para lá, telegrama para cá, e até telefonema, com a ajuda da telefonista, e tudo acabou esclarecido pelo pessoal da companhia aérea aos dirigentes tricolores, que, de tão enfurecidos, nem foram esperá-lo no Galeão, deixando para fazê-lo no clube, numa reunião de portas fechadas, quando ele se dignasse a aparecer.

O que fez o Zé em seus três dias e noites parisienses? Segundo ele próprio, turismo. "Que tipo de turismo?", pressionaram os diretores e até o presidente do clube e, a seguir, os jornalistas. É preciso entender que, para o pessoal do esporte, Paris, naquela época, tinha uma conotação de farra, devassidão, sífilis. E, em matéria de turismo, tirando a Torre Eiffel e o Arco do Triunfo, só conseguiam imaginar o Moulin Rouge, as Folies Bergères, Pigalle, coristas, prostitutas. Quando apertaram o Conde quanto a este último item — inaceitável para um profissional que devia estar em tratamento —, ele respondeu com uma dignidade ofendida capaz de convencer os mais céticos: "Nunca paguei mulher em minha vida".

Aqueles mesmos céticos, observando a boa pinta do Zé, começaram a refletir se ele não poderia ter conseguido certos favores sem pagar. Quando lhe lançaram essa pergunta, alguns trocando o tom de severidade pelo de cumplicidade machista, tiveram um verdadeiro choque com a resposta: "Um cavalheiro não comenta essas coisas, mas já que devo aos senhores uma explicação como profissional, vou contar. A mulher de quem cheguei mais perto em Paris foi a Vênus de Milo, que, como os senhores sabem, não tem os braços. Até mandei um cartão-postal com a foto dela para minha mãe, que adora arte, em São Paulo".

Houve um certo embaraço na reunião, inclusive porque havia gente nela que não conhecia, pelo menos bem, a Vênus de Milo. E acabaram ouvindo uma pequena exposição do Zé Augusto sobre a estátua e o Museu do Louvre.

Meu tio soube depois, pelo próprio Zé, que aquelas revelações visavam também a mulher que ele amava em segredo, ou seja, a amante, que, como os desportistas, estava desconfiada daquela escala em Paris. Mais o Zé não disse.

Nas redações de jornais, as revelações do Conde caíram como uma bomba. Um jogador de futebol que visitara o Louvre! Houve desconfianças, é claro, pois o grande museu não era um lugar para ir de tornozelo engessado e muleta. Mas o acontecimento era tão elegante que saiu numa coluna social. Já um vespertino mais popular e sensacionalista pôs na página de esportes uma foto do Conde ao lado de outra da Vênus de Milo. No texto estava escrito que o Conde, que aparecia na fotografia de muleta, fora visitar a estátua da Vênus mutilada pelos nazistas na Segunda Guerra Mundial. E, numa associação bastante lógica, puseram também uma foto do "ditador alemão Adolf Hitler e sua amante Eva Braun, que se suicidaram juntos, num pacto de morte".

No Fluminense, as opiniões se dividiram. Para uns, o jogador estava mesmo afastado da excursão e era sinal de bom gosto visitar Paris em sua folga. E isso depois de ter se tornado o herói de uma verdadeira batalha em Istambul, arrancando um empate com sabor de vitória. Estava bem de acordo com as tradições do clube de Marcos Carneiro de Mendonça, e de Coelho Neto, pai e filho: o primeiro, membro da Academia Brasileira de Letras, o segundo, Preguinho, ex-jogador do clube e agora notório invasor dos gramados. Para outros dirigentes e sócios mais disciplinados, moralistas ou despeitados, aquele tal de Conde era um enganador metido a besta e precisava de uma lição. Era só esperar a hora certa.

E os torcedores do clube? Para a maioria deles, não sem alguma razão, a Vênus estava irremediável e fetichistamente associada aos sutiãs DeMillus. E a imagem que lhes vinha à mente era a do Conde desabotoando um sutiã, para apalpar o que havia em seu interior, no que fazia muito bem, desde que continuasse a marcar gols como o de Istambul, numa partida que fora noticiada no Rio.

Já para os torcedores adversários — os que conseguiram entender direito a história —, arte era coisa de veado. E esse tal de Conde, pó de arroz, filhinho de mamãe, não sei não.

*

O Zé Augusto sobreviveu, com arranhões disciplinares mas sem punição, ou mesmo com algum prestígio, à conexão parisiense. E não foi isso que o afastou do Fluminense no campeonato carioca de 1955. Como já foi dito, houve uma conjunção de fatores.

Por exemplo, com o dinheiro que ganhara pela venda de seu passe livre ao Fluminense, ele recomprara a baratinha conversível MG, vermelha, que vendera a um amigo no tempo das vacas magras, quando o pai descobrira a tramoia do curso de direito. E o problema desses carros é que o dono chama demais a atenção, mesmo com a capota fechada, seja parando à porta de uma casa noturna, seja subindo a avenida Niemeyer ou a estrada do Joá, com uma misteriosa dama de óculos escuros e lenço na cabeça. Ou, ainda, entrando no estacionamento da social do Jockey Club Brasileiro.

Sim, José Augusto era sócio do Jockey, na qualidade de filho de quem era, e ia lá de terno e tudo, como era obrigatório. E isso começava a irritar certas pessoas emproadas, que eram sócias tanto do Jockey como do Fluminense. Não custava lembrar que, no Fluminense, os jogadores eram empregados do clube e, naquela época, deviam entrar — em tese, porque não se respeitava mais a norma — por uma porta lateral na rua Pinheiro Machado e não pela porta principal na rua Álvaro Chaves.

Aquele rapaz muito bem-vestido subvertia tudo: em vez de estar tratando do tornozelo contundido, andava — desculpem-me a linguagem desses sócios — fodendo por aí, e trocara a muleta por uma elegante bengala, que fora vista em riste saudando a vitória de um cavalo montado por Francisco Irigoyen, o grande bridão chileno. Não bastasse isso, o futebolista e o jóquei foram vistos comemorando juntos a vitória num ótimo restaurante.

Pode-se perguntar: o que tem de mais, se eram dois desportistas e nem havia mulher no meio, igual no futebol, que, se a gente parar para pensar, é até meio homossexual, pelo menos no sentido lato? Bem, há duas coisas: a primeira é que, para gente mais rigorosa, o turfe só é esporte para os cavalos, os únicos honestos no negócio, sempre segundo essa gente, que, no entanto, apostava. Mas um atleta que também o faz é visto com desconfiança, apesar de um árbitro da época — sim, um juiz da Federação Metropolitana de Futebol, Alberto da Gama Malcher — só faltar às reuniões no prado quando estava apitando.

Mas já falamos em ressentimento, talvez o pior defeito que

Deus pôs em suas criaturas, origem do primeiro homicídio bíblico. E a felicidade, o bem viver, ainda mais exibidos em público, atiçam a inveja. Para agravá-la, Pancho Irigoyen, como o chamavam, acabara de entrar na lista dos dez homens mais elegantes do Rio de Janeiro, do cronista Jacintho de Thormes, barrando gente que se considerava pule de dez em elegância. Então é isso: José Augusto, o Conde, e Francisco Irigoyen jantando juntos num lugar fino não poderia gerar outra coisa nos ressentidos senão inveja, além de notas nas colunas, desde as futebolísticas, passando pela "Pangaré", do ilustre letrista de música e cronista de turfe Haroldo Barbosa, até as sociais, de novo a de Jacintho de Thormes e mesmo a do novato Ibrahim Sued.

Comentários no Fluminense e no Jockey Club: "A sociedade não é mais a mesma"; "Esse tal de Conde que se cuide, vai acabar tuberculoso". *Et cetera* e tal. Para agravar o quadro, ouviram-se rumores que, por sua própria definição, deviam ser — e foram — tratados no futuro do pretérito, simples ou composto. Rumores tão perigosos e secretos, que eram cochichados do diretor social do Fluminense para cima, ou seja, o próprio presidente do clube. Gente capaz de manter a boca fechada. Como meu tio veio a saber disso? Porque o presidente o consultou, na qualidade de quem fora o descobridor do Conde. Mas meu tio só sabia o que lhe dissera o Tigela e, além disso, era amigo leal, e, se contou a alguém mais os rumores, foi ao próprio José Augusto, que ouviu tudo calado e pensativo. Quanto a mim, já sabia daquilo em parte, sem nomes, desde as inconfidências do Tigela e, diante das novas circunstâncias, prometi manter a boca calada.

Os rumores eram de que a tal amante secreta do Zé, a mulher casada da alta sociedade — provavelmente a dos óculos escuros e lenço na cabeça —, era a digníssima esposa de um sócio benemérito do Fluminense, um esgrimista, representante brasileiro nas Olimpíadas de Helsinque, em 1952, embora tenha sido eliminado de cara por um francês, o que era natural, levando-se em conta a história dos dois países.

Como o esporte que praticava, o esgrimista era um sujeito saltitante e metido a aristocrático, desses que fumam com piteira e usam camisa de jogador de polo sob um paletó, e lenço de seda no pescoço. Havia quem dissesse que o seu casamento era de fachada e, na cama, seu esporte era mais restrito. E que nem se importava que a mulher tivesse amantes, desde que discretamente, num acordo entre ambos.

Mas como manter a discrição, se o amante vinha jogar no clube onde ele era sócio benemérito, embora pouco aparecesse por lá, pois deixara a esgrima depois das Olimpíadas? Porém, não se sabe se ele chegou a interferir no afastamento do Conde. Aliás, não se sabe nem se ele sabia. Para ser mais exato, não se sabia, ao certo, nem se tudo não passava de rumores e boatos. Mas o Fluminense era um clube de gente tão moralista ou hipócrita que, ao que se dizia, um dos motivos para que Didi, maior meia-armador do país, fosse vendido ao Botafogo, em 1956, por um dinheiro alto para a época, era por desfilar no clube com a sua Guiomar, com quem vivia maritalmente numa relação adúltera. E o presidente do clube, no *affaire* Zé Augusto, teria se permitido um comentário sutil e mais do que discreto, o qual, no entanto, era bastante bom para bons entendedores: "Apesar das tradições do Fluminense, não quero duelos aqui no clube".

Só que, para que a justiça, ou injustiça, se pusesse em ação, eram necessários fatos. Mas fatos não eram difíceis de serem oferecidos por José Augusto, o Conde.

*

O jogador voltara aos treinos, escalado entre os aspirantes, e adquiria aos poucos forma, pois mandaram o preparador físico exigir dele, até por castigo, nos treinamentos individuais. Mas foi num coletivo contra os titulares, em que o Zé Augusto já tinha feito boas jogadas e um gol, que o acontecimento detonador de sua saída de Álvaro Chaves se deu. Um acontecimento bem no limite do campo e da paciência de todos.

O sol estava forte, calor de trinta graus, quando o Conde, deslocando-se para a ponta esquerda, onde havia sombra, viu uma garota debruçada sobre a amurada de ferro da social. A jovem fixava os olhos no Zé, sorrindo para ele, enquanto desembrulhava um picolé de limão. Com um gesto inequívoco, a garota ofereceu, digamos, uma sorvida no picolé ao atacante.

O que fez o Zé? Abandonou por instantes o coletivo, foi lá e aceitou a oferta da mocinha. Mas, educadamente, mordeu um pequeno pedaço do picolé, em vez de chupá-lo, e devolveu-o à garota. Esta, imediatamente, o pôs na boca, com um sorriso que alguns julgaram malicioso, e chupou-o decididamente, antes de oferecê-lo novamente ao atleta, que apenas deu nele mais uma mordidinha. Só isso.

Mas, para azar do Zé, estenderam-lhe um passe longo, lá na esquerda, quando ele ainda se ocupava com o picolé. A bola se perdeu pela lateral. Quando o Augusto quis voltar rapidamente ao campo, o técnico falou que não precisava mais.

Aquilo foi o pretexto final, a gota d'água. A garota não tinha mais do que dezesseis anos, era filha de um dos sócios mais influentes do clube, pois, jurista conceituado, defendia de graça os interesses legais do Fluminense na Federação Metropolitana de Futebol e na Confederação Brasileira de Desportos. Se fosse hoje, seria chamado o rei do tapetão. Talvez por isso houve quem dissesse que o picolé fora uma cilada erótica para indignar as famílias do clube contra o Conde. Não sei não, um pai usar a própria filha seria maquiavélico demais. E a garota parecia sinceramente embevecida pelo Conde. Eu estava lá e achei isso.

E uma pergunta que nos ficou até hoje é a seguinte: pode um reles picolé ser considerado um símbolo fálico? Se puder, como é que ficam as criancinhas do Brasil, tão amadas por Pelé? Freud estaria absolutamente certo?

Sinceramente, não sei, mas que aquele picolé foi símbolo de algo, foi. E, além de tudo, um bom contra-ataque do time de aspirantes se perdera num treino, só para que o Zé se deliciasse com um picolé e mais alguma coisa. Pais, mães, diretores e até o técnico se uniram em torno de um mesmo ideal: afastar o elemento pernicioso do clube. O Zé Augusto ainda não jogara nenhum jogo do campeonato pelo Fluminense e podia ir para outro clube do Rio mesmo. E coube ao técnico Gradim pronunciar a sentença lapidar, que podia mesmo enterrar alguém: "Esse rapaz não tem espírito profissional. Talvez um clube mais modesto o adquira".

E foi assim que José Augusto, o Conde, foi emprestado ao Bonsucesso Futebol Clube para todo o campeonato de 1955. O empréstimo era gracioso, mas cabia ao rubro-anil da Leopoldina pagar os salários do jogador, nos mesmos valores desembolsados pelo Fluminense, nos termos da lei trabalhista. Pelo menos nessa parte, o Zé ficou aliviado, pois estava gostando de não depender do pai, conforme confidenciou a meu tio.

4

Nos dois primeiros turnos do campeonato carioca de 1955, o Bonsucesso fez a sua melhor campanha de todos os tempos na competição. Ganhou, entre outros jogos, de 1 a 0 do Vasco na rua Teixeira de Castro, onde fica o seu estádio, e de 2 a 1 do Fluminense, nas Laranjeiras. E chegou entre os seis primeiros colocados, eliminando do terceiro e decisivo turno o Botafogo, que, se tinha em seu elenco alguns cabeças de bagre, contava também com Nílton Santos, Garrincha, Paulo Valentim.

Tal campanha teve a ver com o Zé Augusto? Na verdade não, ou muito pouco, para não dizer que de forma negativa, por causa de certos percalços, incidentes. Lembrem-se de que entreguei desde o princípio que se tratava de um anti-herói. Mas nem por isso menos craque.

Quando a transação do empréstimo pelo Fluminense foi concluída, a agremiação da Leopoldina já armara uma boa equipe, que logo iniciou sua participação no certame vencendo o Botafogo por 3 a 1 e o Bangu, naquela época um time grande, por 1 a 0. Não se mexe em time que está ganhando, é a palavra do torcedor. Fora isso, o Zé chegara atrasado aos seus dois primeiros treinos, por causa de dificuldades com a condução, pois resolvera, com muito tato, não exibir seu carro para os jogadores e torcedores de um time pequeno. Mas bastava ele tocar na bola, treinando entre os reservas, para se ver que era um craque. Segundo narrativas interligadas, inclusive do próprio Zé, o que mais contribuiu para que ele não fosse efetivado no time titular foi mais ou menos o seguinte:

O terceiro jogo do Bonsucesso no campeonato, no domingo 21 de agosto de 1955, seria contra o bicampeão Flamengo, com um ataque apelidado de rolo compressor: Joel, Rubens, Índio ou Evaristo, Dida e Zagallo. Depois de muita reflexão, o técnico do time rubro-anil, Sílvio Pirilo, sabendo que seria dificílimo ganhar ou empatar o jogo, em pleno Maracanã, mandou que o Zé se concentrasse com o time principal, a partir de sexta-feira à noite, para a partida de domingo. Pensava, ainda hesitante, em lançá-lo como uma arma secreta para surpreender o treinador do Flamengo, o paraguaio Fleitas Solich, cujo apelido já dizia tudo: Feiticeiro. Então era trocar um dito popular por outro: "Não se mexe em time que está ganhando" por "Lançar um feitiço contra o feiticeiro". Não que o Conde pudesse ficar no banco para entrar no decorrer do jogo, como no amistoso do Fluminense em Istambul. Naquela época, em partidas oficiais, não era permitido substituir nem goleiro machucado. Então era entrar no início ou nunca. O Zé tinha suas limitações físicas e idiossincrasias como atleta, mas duas ou três jogadas dele — assim devaneava o treinador — podiam mudar a história de uma partida. E talvez a história do José Augusto também fosse outra, não houvesse aquele evento fúnebre. Segundo narrativa do próprio Conde a meu tio, as coisas se passaram mais ou menos deste modo (as lacunas foram preenchidas pela imaginação do escritor):

    O esquema era tão secreto que o próprio Conde só saberia se iria entrar em campo no vestiário, na hora de assinar a súmula. Para despistar eventuais espiões do Solich, no último coletivo do Bonsucesso para o jogo, na sexta-feira à tarde, o Conde treinou apenas de início entre os titulares e logo vestiu a camisa dos reservas. E houve instruções para que ele não se empenhasse muito, o que foi cumprido à risca.

    Durante o jantar, já na concentração, o senhor José Augusto Almeida foi chamado com urgência na portaria do hotel, no Catete, onde o time estava concentrado. Pediu licença a todos, com suas maneiras que se destacavam no ambiente, para se levantar da mesa e sair da sala. Ao retornar, tinha a tristeza estampada no rosto. Sentou-se, calado e cabisbaixo, e não tocou mais na comida. As brincadeiras, comuns nas refeições de jogadores — ainda mais que o Bonsucesso vinha de duas vitórias —, foram cessando aos poucos, até que o diretor de futebol, que resolvera se concentrar com o time, perguntou:

    — Alguma notícia ruim?

    — Deixa pra lá, não quero perturbar vocês — disse o Zé.

— Olha, Zé Augusto, se você não contar, a gente fica mais preocupado.

O jogador fez uma pausa solene e declarou:

— Minha tia faleceu.

O pessoal respirou, aliviado, pois tia não é tão grave assim, pelo menos não tanto quanto pai, mãe ou irmãos. Um a um foram dando pêsames ao sobrinho e lhe fizeram as perguntas de praxe:

— Tia por parte de pai ou de mãe?

— De pai.

— Morreu de quê?

— Enfarte repentino.

Alguém fez o sinal da cruz.

— Que idade tinha ela?

— Uns trinta e oito, quarenta anos, não sei bem ao certo.

— Puxa, nova ainda. A vida não vale nada mesmo. Uma hora você está aqui, noutra não está mais.

— É isso mesmo — disse o Zé, correspondendo a um abraço.

— Vocês eram muito ligados? — perguntou o diretor.

— Para falar a verdade, bastante. Era a única parenta minha aqui no Rio. Eu sempre ia jantar com ela e o marido, na casa deles.

— No Rio, porra?! — exclamou o técnico Pirilo, que logo se corrigiu. — Desculpe o porra, mas é que eu ia dizer que você só podia viajar para São Paulo depois do jogo. Onde é o velório?

— No São João Batista.

— O que você acha? — perguntou o diretor ao técnico.

— Jogador meu concentrado não passa a noite fora e muito menos em velório. Não é bom física nem psicologicamente. E depois ainda tem o enterro. Não dá. Nós não podemos impedir, mas se você for, não precisa voltar.

— O senhor tem toda a razão — disse o Zé. — E também não quero encontrar meu pai, que está vindo de carro de São

Paulo. Ele quer me levar de volta e nem imagina que sou jogador de futebol, ainda mais do Bonsucesso, desculpem-me a franqueza. Mas o pessoal da minha família é meio metido a besta.

— É mesmo — disse o diretor. — Ainda mais na fase que atravessamos. Já estão nos chamando de fantasma do campeonato.

— O senhor está certíssimo, mas essa tia minha era bacana e me incentivava na carreira. Eu gostaria apenas de levar-lhe meu último adeus e prestar minha solidariedade ao marido. Garanto a vocês que em duas horas estarei de volta. Nem passo em casa para pôr um terno. Vou de roupa esporte mesmo. Explico ao pessoal que estou concentrado e eles vão entender. E peço a eles para não contarem a meu pai que sou jogador.

O diretor de futebol ponderou para o técnico:

— Notícia em velório espalha rápido e deve estar cheio de flamenguista lá.

A resposta do técnico já equivalia a uma concessão ao Zé:

— Isso não tem importância, pois quem disse que o Zé vai jogar? Só vou decidir na hora. Quero aquele paraguaio o mais confuso possível até o último minuto. Mas veja bem, senhor Augusto, você tem duas horas. Vá lá, duas horas e meia. Nem mais um minuto. Se perguntarem sobre o jogo, você diz a verdade: que não sabe se vai jogar. Despista, faz mistério.

Bem, é possível que os diálogos tenham sido esses, ou completamente diferentes, pois as palavras se desfiguram no boca a boca. Mas sobre uma coisa não paira a menor dúvida: José Augusto, o Conde, deixou a concentração mais ou menos às nove horas da noite para ir ao velório da tia no Cemitério São João Batista.

*

Siri era o apelido do assistente técnico do Bonsucesso, dizia-se que não só por ele pescar crustáceos na ilha do Governador, onde residia, como por saber manter a boca bem fechada em assuntos sigilosos. Embora fosse chamado assistente técnico era pau para toda obra, com um salário baixo. E foi a ele que confiaram a missão de ir atrás do Zé Augusto, a fim de conferir, secretamente, se o Conde fora mesmo ao velório da tia. Tão logo o Zé tomou um táxi, o assistente técnico, esgueirando-se para não ser visto, tomou outro, dando ordens ao motorista para seguir o primeiro, igualzinho em filme.

O Siri era um sujeito bem-intencionado e gostava do Zé Augusto da forma como as pessoas que são modestas e introvertidas podem se deixar seduzir pelas que lhes são opostas. E ficou contentíssimo — apesar da morbidez do acontecimento que levara o jogador até lá — quando viu o Conde descer às portas do São João Batista. Segui-lo lá dentro, ele achava que seria um desrespeito. Mas, pra não dizer que era omisso, resolveu dar um tempo nas cercanias do cemitério. Depois teve uma ideia: verificar, sempre discretamente, nos avisos da portaria, o nome das defuntas que estavam sendo veladas naquela noite. E, de fato, havia uma tal de Helena de Castro Fonseca que, pelo Fonseca, devia ser a tia do Zé Augusto. E o Siri já podia dar a sua missão como satisfatoriamente encerrada.

Aliás, o Conde foi pontualíssimo em sua volta, pois, às onze e vinte da noite, vindo a pé pela rua Correa Dutra, em que se localizava o hotel que servia de concentração, adentrou a portaria desse hotel — o Bom Retiro —, com uma expressão apropriada a quem chega de um velório. Os jogadores já haviam se recolhido a seus quartos, mas o Conde encontrou, reunida para recepcioná-lo, na sala de espera, o que se poderia chamar de comissão técnica. Pela primeira pergunta que lhe fizeram: "Como é que é, foi bom o enterro?", ele percebeu que algo dera errado, do que já vinha meio temeroso. Para ganhar tempo e medir até que ponto os outros estavam informados, retrucou:

— Como é que vocês me fazem uma pergunta dessas?

O diretor de futebol, que era a maior autoridade presente ali, prosseguiu no interrogatório:

— Muito bem, senhor Augusto, agora o senhor vai nos dizer onde é que você foi e com quem.

O Zé Augusto não se deu por vencido e até se achou no direito de brincar.

— No cemitério, ora. Por coincidência até vi o Siri chegando lá. O que houve, Siri, também perdeu algum parente? Ou será que o pessoal não confia em mim e você foi me vigiar?

O assistente técnico estava amuado num canto.

— Conta pra ele, Siri, conta tudo o que aconteceu — ordenou o diretor.

— Por favor, doutor — gaguejou o Siri. — Eu já contei uma vez e tenho vergonha de repetir. Não daria para o senhor mesmo explicar?

E o diretor explicou.

*

Uma vez cumprida a sua missão, o Siri resolvera voltar de lotação para o Catete, economizando parte do dinheiro que lhe deram para os táxis. Ao caminhar para o ponto de coletivos, junto a uma porta lateral do cemitério, na rua General Polidoro, o assistente empalideceu de susto, pois viu o Zé Augusto sair lá de dentro, como se fosse do meio dos túmulos, abraçado a uma dama que, não bastasse estar toda vestida de negro, usava um véu da mesma cor, encobrindo o rosto.

Por um instante, o Siri chegou a pensar na morte, ou numa mulher fantasma, em pessoa, acompanhando o Zé Augusto, até que se deu conta de que isso era um absurdo, mesmo para um supersticioso e espiritualista como ele. E sua cabeça começou a funcionar quando, protegendo-se atrás de uma árvore, viu a dama de negro enfiar a chave na porta de um belo carro, também negro, acomodar-se no assento do motorista e abrir a outra porta da frente para o Zé. Só então ela descerrou o véu para trocar um beijo demorado e passional com o Zé Augusto, provocando no Siri, ainda não totalmente recuperado, arrepios de toda ordem, antes de o carro arrancar em disparada pela rua General Polidoro.

Os pensamentos do Siri clarearam de vez e ele ainda pensou em seguir de táxi o casal, mas não dava mais. De todo modo, não podia considerar sua missão um fracasso. Para cumpri-la ainda melhor, resolveu visitar as capelas de velório, a fim de verificar se o Zé — cuja malandragem ele conhecia bem —, depois de inventar a morte de uma tia, marcara um encontro no cemitério mesmo, antecipando a possibilidade de que poderiam ir no seu rastro para checar a história. Ou então — o que seria uma atenuante para o craque —, fora mesmo, rapidamente, ao enterro da tia, e lá encontrara uma namorada ou paixão antiga que, numa hipótese bastante otimista, o estaria levando de volta para a concentração.

O Siri adentrou então a capela em que Helena de Castro Fonseca estava sendo velada. Era um enterro de grande gabarito, a julgar pelo traje de todos os presentes, que não se desalinhavam nem nos ritos desesperados da dor. Trajes estes que, precisamente, contrastavam com os do Siri, que, deixando o hotel às pressas, não trocara os chinelos por sapatos nem tirara o agasalho com o escudo do clube ao qual servia, com uma dedicação que o fez chegar perto do esquife para verificar se a defunta correspondia aos aproximadamente quarenta anos relatados pelo Conde. Foi isso que, segundo ele, o fez afastar ligeiramente o véu branco no rosto da falecida, para observar melhor suas feições. Teve um choque: era uma mulher jovem e linda a que jazia no caixão. Lágrimas vieram imediatamente aos olhos do Siri, um sentimental. Que não resistiu a acariciar com um dedo, suavemente, o rosto do cadáver, pois era inacreditável que tanta beleza estivesse morta.

Foi quando um homem, de seus trinta e poucos anos, severa e elegantemente trajado, pôs as mãos nas costas do Siri e o interpelou:

— O que o senhor pensa que está fazendo?

Talvez só nesse momento o Siri tenha se dado conta de que o seu traje, para não dizer sua pessoa, destoava dos demais. E não achou coisa melhor a dizer que:

— Estou trazendo as condolências do Bonsucesso Futebol Clube.

— O quê?!

— O Bonsucesso, onde joga o sobrinho da falecida, José Augusto, o Conde.

— E desde quando minha irmã tinha um sobrinho em Bonsucesso? Tirem esse bêbado, esse louco, daqui — o homem esbravejou, no que foi prontamente obedecido.

Tudo isso o Zé Augusto foi obrigado a ouvir, e ainda as queixas do Siri:

— Poxa, Zé, como é que você faz uma coisa dessas comigo? Eu que só tomo umas cachaças quando pesco à noite. E louco, me chamaram também de louco e me puseram para fora do cemitério.

Apesar da gravidade da situação, o Zé Augusto não pôde deixar de rir:

— Não vem com essa, Siri, você não tinha nada que penetrar em velório e ainda por cima acariciar a morta. Está parecendo necrófilo.

— Parecendo o quê?

— Não desconversa, Augusto — disse o diretor. — Agora você vai nos dizer para onde foi e com quem. E falando de perto com você a gente sente mais forte o cheiro de vinho.

— Para onde, eu digo: do cemitério para o Hotel Novo Mundo, aqui pertinho. E só tomei alguns goles de Bordeaux. Agora, com quem, não posso dizer. Tenho de zelar pela reputação da pessoa. E não adianta insistirem. Mas de uma coisa vocês precisam saber. Não vejo em que isso possa prejudicar minha atuação. E essa pessoa foi mesmo ao enterro de Helena, sua amiga, e me telefonou. Estava muito triste e eu não podia deixar de acudi-la.

O técnico ainda cogitou de manter o Zé concentrado até a hora do jogo, só para deixar o Solich na dúvida. Mas o diretor foi contra.

— Se a gente aceita uma indisciplina aqui, outra ali, o barco afunda. Os jogadores ficaram sabendo e estão gozando o Siri. E tem gente dizendo que o Conde foi trepar com uma defunta.

Nem sendo gozado, o Siri deixava de ser sensível.

— Tão jovem e bonita — disse ele. — Deus não devia fazer uma coisa dessas.

Quando o Zé ia deixar o hotel, o Siri acompanhou-o até a porta:

— Desculpe o mau jeito, Zé, não gosto de ser caguete, mas ordens são ordens. E como é que você me põe numa dessas? Se há uma coisa que me incomoda é a morte.

Segundo a história, conforme veio a saber dela meu tio, o Conde ainda teria se permitido filosofar, passando o braço em torno dos ombros do Siri:

— A morte, Clarivaldo — este o verdadeiro nome do assistente técnico —, é o natural. A vida é que é uma exceção. E a gente tem de vivê-la enquanto é tempo.

5

Na tarde de domingo 21 de agosto de 1955, no Maracanã, após um empate de 1 a 1 no primeiro tempo, o Flamengo passeou em campo na segunda etapa e goleou o Bonsucesso por 4 a 1, com dois gols de Índio, dois de Evaristo, contra um de Geraldo. A escapada do Conde ao cemitério e para além dele foi ocultada da imprensa, pois, até a última hora, o técnico do Bonsucesso, Pirilo, deixou pairando no ar uma eventual escalação do Zé Augusto, a fim de preocupar o Solich. Perguntado sobre isso, o paraguaio declarou irônico: "Que venham com o Conde ou com um plebeu, o Flamengo não tem medo de fantasmas".

E lá em Bonsucesso, paradoxalmente, a responsabilidade pela primeira derrota no campeonato foi lançada sobre o jogador que não jogou.

— Pois se tivesse jogado, teríamos um outro esquema tático, um ataque mais agressivo e, quem sabe... — disse o Sílvio Pirilo, terminando assim mesmo, com reticências.

Isso foi falado já na segunda-feira, numa reunião na sede do clube, da qual participaram o técnico do time; seu assistente Clarivaldo Silva, principal testemunha dos fatos; o diretor de futebol; o próprio presidente da agremiação e ainda o advogado representante do rubro-anil na Federação. Discutia-se uma punição exemplar a ser aplicada ao atleta.

Houve quem achasse, como o diretor de futebol, que o Zé Augusto deveria ser imediatamente devolvido ao Fluminense, mas o advogado, com o contrato de empréstimo na mão, constatou que isso só poderia ser feito no final do campeonato. Até lá, o Bonsucesso teria de arcar com os salários do jogador. Uma rescisão unilateral poderia causar problemas com o Fluminense, na justiça desportiva e na trabalhista.

Decidiu-se, então, a princípio, multar o atleta em trinta por cento dos vencimentos, o máximo permitido no contrato e na legislação, e afastar o jogador do clube — inclusive dos treinos, talvez definitivamente, não importando os prejuízos financeiros.

Mais uma vez entrou em cena o advogado, para dizer que isso também era vedado pela legislação, impedir um jogador de trabalhar, cuidar da forma física e técnica.

Para surpresa de todos, o Siri, considerado um dos principais ofendidos na questão, defendeu o seguinte argumento:

— Se era verdade que o Conde poderia ter mudado o destino do jogo da véspera, não seria melhor mantê-lo por perto, à disposição?

O técnico, que usara o pretexto da ausência do Conde mais para livrar a cara da derrota, não ficou muito satisfeito com a intervenção do Siri. Mas olhou, como todos, para o presidente, a quem cabia a palavra final. Honrando o cargo, o presidente tomou uma decisão considerada sábia por unanimidade:

— Esse tal de Conde é metido a besta, a começar pelo apelido. Não vejo punição melhor, além dos trinta por cento do salário, do que fazê-lo disputar o campeonato de aspirantes por nossas cores. Vamos botar ele para suar, à uma e meia da tarde, todo fim de semana. Além dos treinamentos, claro.

E, naquele momento mesmo, mandaram chamar o senhor Airton Ferreira, técnico do time de aspirantes, pois não dava para Sílvio Pirilo tomar conta de todas as categorias.

6

Eu e meus companheiros estamos bem preparados para honrar nossa gloriosa camisa e fazer uma grande exibição, para satisfação desta imensa torcida.

José Augusto, o Conde, para um locutor volante, atônito, antes da partida de aspirantes entre Canto do Rio e Bonsucesso, no estádio Caio Martins, em Niterói, com suas arquibancadas quase inteiramente vazias. As principais partidas de aspirantes eram transmitidas pelas rádios e as melhores emissoras mantinham um radialista em cada campo nas rodadas do campeonato carioca, fornecendo informações detalhadas aos ouvintes. E o Conde ainda era notícia, assim como o Bonsucesso, em 1955.

Jogadas

A história maior, incluindo a esportiva, não precisa de mais testemunhos, pois aí estão, documentando-a, para além do boca a boca entre gerações, os arquivos todos, os livros e as revistas ilustradas, os filmes e depois os vídeos, os jornais microfilmados nas bibliotecas públicas, os DVDs e a internet. Mas a história dita menor, quem a documentará? Quanta coisa digna de registro não se carrega para o túmulo: imagens e sensações inesquecíveis, conhecimentos adquiridos depois de longa observação e aprendizado, grandes ideias, sentimentos fundos que nunca foram passados para o papel? No futebol, quantas jogadas espetaculares ou de fina técnica, executadas em treinos, partidas preliminares ou até na várzea, para uma plateia ínfima, embora muitas vezes seleta naquele campo específico do saber?

Se do Fluminense, meu tio, eu e meu irmão assistíamos a todas as partidas de todas as divisões e até a alguns treinos, do Bonsucesso, quando não coincidiam com os do Flu, íamos aos jogos em que o Zé Augusto estaria em campo, o que significava ver as partidas preliminares. Ambos os clubes nos levavam, então, a verdadeiras expedições por ruas com os nomes de cidadãos já falecidos e que, apesar de terem servido para batizá-las, só se tornaram amplamente conhecidos por causa dos estádios e clubes que tais ruas abrigavam: Teixeira de Castro, General Severiano, Figueira de Melo, Conselheiro Galvão, Caio Martins, Álvaro Chaves e até um santo: São Januário. Nomes de ruas que, para os torcedores e locutores esportivos, adquiriam uma verdadeira aura pelos acontecimentos esportivos que nelas transcorriam.

Para meu tio, a par da amizade que tinha feito com o Zé Augusto, era o seu olho clínico que estava em jogo, e ele sonhava em ver o Conde, prestigiado, de volta ao tricolor. Quanto a meu irmão e eu, estávamos numa idade em que, se assistir a qualquer jogo já era bom, ver atuar um craque que conhecíamos se transformava em motivo do maior orgulho. Uma idade em que a mente, não estando entupida com o entulho da vida adulta, arquiva o verdadeiramente memorável no detalhe e no conjunto, ainda que o tempo tenha vindo a transformá-lo numa substância mítica e estilizada, jogadas feitas agora de palavras mas que me permitem apresentar aos aficionados alguns poucos desses lances, sem muita preocupação com a cronologia, apenas para que se possa ter uma noção da coisa.

Estádio do Madureira Atlético Clube, rua Conselheiro Galvão (a que conselho terá pertencido o Galvão?), uma e vinte da tarde, entram os times em campo para a partida preliminar. O sol causticante realça as cores vivas do rubro-anil da Leopoldina, barroco de subúrbio, cores de balões e de figurinos de escola de samba. Da parte do Madureira, infelizmente, não se pode dizer o mesmo. Talvez a lavadeira tenha exagerado na água sanitária e as cores vermelha, azul e branca do tricolor da zona norte confundem-se, desbotadas, em vários matizes. Mas não façam tão pouco caso: aquele mesmo uniforme foi vestido por Didi e Jair Rosa Pinto.

Só que hoje o craque está do outro lado. A saída pertence ao Bonsucesso e, passada a bola ao Zé Augusto, este, em vez de executar uma dessas jogadas burocráticas de início de partida, aproveita o seu fôlego ainda intato e avança com a pelota, um, dois passos. Ergue a cabeça, olha e, dali mesmo, chuta por cobertura, com mais cálculo do que força.

O goleiro madureirense ainda está concentrado naquele ritual de começo de jogo; risca horizontalmente a linha do gol com a chuteira, a divide verticalmente ao meio para se situar no espaço, dá um chutinho supersticioso em cada trave, terminando por fazer o sinal da cruz. Mas talvez Cristo esteja do lado do adversário, pois o goleiro vê passar por ele, voando, um objeto ainda não identificado, que, quando o guarda-meta finalmente identifica, é a bola já na rede.

O goleiro abre os braços, reclamando, talvez de Deus, talvez do árbitro, que apitou fracamente dando início à partida, ou dos companheiros, que deviam tê-lo avisado da bola vindo. Mas se não existissem apenas uns cinquenta torcedores ali presentes, naquele momento; se tivesse aquele jogo preliminar alguma importância, o goleiro talvez fosse lembrado, em vez de ter caído no mais completo esquecimento, até chegar a estas páginas, embora anônimo, pela honra de ter levado, possivelmente, o gol mais rápido de todos os tempos. Do José Augusto. O Conde.

Rua Figueira de Melo, território do São Cristóvão de Futebol e Regatas — isso mesmo, Regatas, uma competição oxfordiana. Só não se pode dizer que o uniforme dos aspirantes são-cristovenses descoloriu-se nos varais, depois de tantas lavagens, porque já era e ainda é, desde a fundação do clube, todo branco. Existe alguma cor aquém do branco? Cor de nada, talvez. Se existe, era essa a cor das camisas e dos calções do São Cristóvão naquela partida *preliminar contra o Bonsucesso; um branco sem viço, embora tendendo, como toda alvura, a agregar impurezas de todas as cores, notadamente o negro, nos gramados de futebol.*

Mas não façam tão pouco caso, pois o São Cristóvão foi campeão carioca em 1926 e foi ali, no estadinho da rua Figueira de Melo, que se revelou Leônidas da Silva e se criou o Ronaldo Fenômeno, que, na época de juvenil, não tinha dinheiro nem para pagar a condução até um clube da zona sul. E o São Cristóvão acabou por pagar essa condução. E, no entanto, ao completar dezoito anos, após uma passagem pelo Cruzeiro de Belo Horizonte e pela seleção brasileira campeã do mundo em 1994, por quanto foi vendido ao PSV da Holanda? Seis milhões de dólares, assim é a vida. E depois só fez ganhar milhões e mais milhões em Barcelona, Milão e Madri.

Um Ronaldo e um Leônidas, porém, só aparecem de vez em quando e, nesta tarde, no campo esburacado e cheio de montinhos, a bola ganha efeitos imprevisíveis, e jogadas pífias se sucedem de lado a lado. O jogo vai chegando ao seu final com o marcador de 0 a 0, pairam no ar o tédio e o conformismo.

A bola procura o craque, como já se apregoou aqui? Não, não é bem isso. É que o craque, uma vez reconhecido o terreno acidentado, vai postar-se, para receber um passe a ele endereçado, não onde a bola deveria chegar, se as leis da física prevalecessem em Figueira de Melo, mas onde ela efetivamente chega, calculando-se fatores quase imponderáveis como a resistência dos buracos e a aceleração provocada pelos montinhos. Aí o craque, no caso o Zé Augusto, de virada, dá um chute rasteiro, sonso, mascado como uma espirrada de taco de sinuca. Um chute aparentemente errado, fácil para o goleiro, que até então estava pegando tudo e pula no canto certo. Só que a bola vem pererecando, pererecando e, no último instante, salta por cima do guarda-meta, para morrer no fundo da rede. O goleiro vai lá dentro do gol, pega a bola com uma das mãos e a contempla, como o Hamlet, de Shakespeare, contemplou a caveira, mas como se dissesse: "Você ficou louca?".

Estádio Caio Martins, campo do Canto do Rio, em Niterói, agremiação saudosa para os velhos torcedores dos times grandes, pelas goleadas homéricas que levava. A referência a Homero não é gratuita, pois Nelson Rodrigues, quando viajava na barca para assistir ao Fluminense jogar do outro lado da baía de Guanabara — isso bem antes da construção da ponte —, escrevia em sua crônica do dia seguinte que a travessia do time e dos torcedores tricolores fora uma odisseia comparável à de Ulisses.

Mas, no dia aqui referido, é o Bonsucesso que joga ali contra o Canto do Rio. E antes da partida preliminar, com uns trinta torcedores presentes, o Conde dá ao locutor novato, atrás de algum furo, aquela declaração que serviu de epígrafe a este capítulo: "Eu e meus companheiros estamos bem preparados para honrar nossa gloriosa camisa e fazer uma grande exibição, para satisfação desta imensa torcida".

Mês de maio, mês das mães. Uma brisa de outono sopra sobre o estádio do Vasco, na rua São Januário, o mesmo San Gennaro cuja relíquia, acreditam os devotos, sangra até hoje, quando exposta, na catedral de Nápoles, Itália, cidade onde se celebrará para sempre, por seus milagres no campo local, o estádio San Paolo, don Diego Maradona.

Mês de maio, domingo, talvez o próprio Dia das Mães. Partida preliminar entre Bonsucesso e Vasco da Gama, clube da colônia lusitana, assim nomeado do grande navegador português que, sob a inspiração dos ventos, abriu a rota marítima para a Índia.

O Zé Augusto vai cobrar um escanteio do lado direito do seu ataque, expondo-se à sanha da torcida vascaína, que o homenageia com vários epítetos infamantes, que incluem a mãe do craque e o apelido aristocrático deste. Puro ressentimento. E por que a mãe? Porque, em tese, é o ente mais amado de todos, ainda mais nos países de sentimento cristão.

O Zé olha para o céu, como se invocasse a Virgem, mas, na verdade, creio eu, para sentir a direção e velocidade do vento, como Vasco da Gama, o navegador. Porque, logo depois, alça a bola, que, cheia de efeito, descreve uma curva sobre a pequena área. O goleiro faz que vai sair do gol, mas não sai, porque a bola vem alta demais, impulsionada pelo vento. Atacantes e zagueiros pulam, tentando alcançar o inalcançável, como este cronista da utopia, até que a bola, como se por vontade própria, descai no canto direito da meta.

Um gol olímpico, como o chamam, porque foi marcado um assim, de escanteio, pelos argentinos, em 2 de outubro de 1924, em Buenos Aires, contra o Uruguai, que havia ganhado naquele ano o torneio de futebol nas Olimpíadas. Gol sem ângulo, gol espírita, como dizem alguns e repito aqui, por sua implausibilidade. O Zé, já fora da zona de perigo perto da arquibancada, levanta o punho e ri para a torcida do Vasco, que volta a homenageá-lo: "Conde de merda, veado, filho da puta". Em algum ponto do interior paulista, a senhora Ana Maria do Prado Correa Fonseca estará fazendo seu inocente passeio dominical no sítio onde costuma passar os fins de semana. Colhe flores e, talvez por uma conexão misteriosa, ergue o pensamento para o filho distante.

Campos Sales. Este foi até presidente da República, embora o torcedor, em geral, só o reconheça pela rua que leva o seu nome, onde se localizava o estádio do América Futebol Clube. Seu governo se destacou pela austeridade e por uma ordem rara nas finan-

ças públicas, o que propiciou a seu sucessor, Rodrigues Alves, um mandato de grandes e dispendiosas realizações. Ao deixar o poder, Campos Sales recebeu saraivadas de ovos às portas do Palácio do Catete, de gente incapaz de estabelecer certas ligações entre causas e efeitos. Injustiças da democracia.

Já sobre o Zé Augusto, os torcedores adversários, além dos xingamentos costumeiros, atiraram pilhas de rádio, bagaços de laranja, bananadinhas, laranjas inteiras, picolés, quando o Zé deixou o campo antes de esgotado o tempo regulamentar, precisamente no estádio da rua Campos Sales. E tudo por causa de um grande lance. Injustiças do esporte.

O Bonsucesso perdia de 1 a 0 e o goleiro do América estava fazendo cera. Levava um tempão para colocar a bola na risca da área para o zagueiro bater o tiro de meta (na época era isso que se fazia); quando defendia uma bola, ficava com ela nos braços, entregava ao zagueiro, recebia-a de volta (na época isso era permitido), simulava contusões. E ainda gozava a irritação dos jogadores rubro-anis.

Até aquele momento, o Conde, jogando meio recuado, fazia bons lançamentos que seus companheiros não aproveitavam. De repente, ele pega uma bola na intermediária do América e, em vez de passá-la a alguém, avança, dribla um, dribla dois, penetra na área, o goleiro sai da meta e atira-se a seus pés, também é driblado, e eis o Zé diante do gol vazio. Em vez de só enfiar a bola para dentro, como é o costume, em respeito ao adversário, o Zé ultrapassa, com a pelota dominada, justinho a linha do gol. Depois pega a bola com as mãos, se dirige até o goleiro e a devolve com um gesto gentil, como se dissesse: "Toma, pode continuar com a cera". O tempo fecha, o Zé é agredido e, ainda por cima, expulso junto com um zagueiro americano, por um árbitro insensível às suas ponderações, inteligíveis aos espectadores pela mímica: "Mas eu só fiz o gol". E acaba por sair de campo, sob os projéteis mencionados.

7

Não se pode ficar descrevendo indefinidamente jogos e mais jogos, jogadas e jogadas. Então vamos direto ao jogo decisivo, pelo menos para o Zé Augusto: um Olaria e Bonsucesso na rua Bariri. O caso do velório já esfriara e o Conde foi escalado no time principal, devido a uma contusão do meia-direita titular Geraldo. Mas logo um Olaria e Bonsucesso? — dirão. Tanta preparação para terminar no assim chamado clássico leopoldinense?

Calma, pois às vezes é nos acontecimentos mais corriqueiros que espreita o drama, definem-se os destinos. E esse não era um Olaria e Bonsucesso qualquer. O Bonsucesso ocupava o terceiro lugar na tabela, junto com o Fluminense. Enquanto isso, o Botafogo, depois de perder, em seu próprio campo, da modestíssima Portuguesa, por 1 a 0, fora derrotado pelo Fluminense, no Maracanã, pelo mesmo placar, na véspera deste Olaria e Bonsucesso. Na sétima posição, descia o alvinegro ladeira abaixo, para ficar fora do terceiro e decisivo turno do campeonato, para o qual se classificavam os seis primeiros colocados em dois turnos corridos. Uma verdadeira tragédia para os botafoguenses, mas, naquele finalzinho de primeiro turno, nada ainda se definira.

Para o Bonsucesso, então, ganhar dois pontos em cima do Olaria era um passo importante rumo ao terceiro turno. Para o Botafogo, se havia algum passo possível, nesse domingo, era o Bonsucesso perder. Já para o Olaria, enquanto pessoa jurídica, não era nada, pois estava completamente fora do páreo e, naquele tempo, não existia uma segunda divisão ameaçando um clube de rebaixamento. E havia até alguns torcedores e sócios sinceros do Olaria torcendo contra o seu time nesse jogo, porque a campanha do Bonsucesso estava fazendo muita gente andar de cabeça mais erguida, só por morar na zona da Leopoldina, assim batizada, agora os jornais lembravam, por causa de uma imperatriz, cujo nome fora dado à estrada de ferro que cortava aquela região suburbana. Leopoldina Railways, é isso aí, quase ninguém sabe até hoje. Mas outros sócios e torcedores olarienses desejavam o contrário e queriam como nunca a vitória do seu clube, pois é na glória do vizinho que fica patente a nossa obscuridade; é na sua subida que perdemos o consolo e a resignação.

Mas para a pessoa física de cada jogador olariense, além do brio profissional, em si, corriam rumores de que havia um incentivo pecuniário — dinheiro vivo, nada de cheques — dentro de um malote a ser despachado lá da sede do Botafogo, caso tirassem pontos do Bonsucesso, de preferência dois, porém metade pelo empate.

O estádio do Olaria, qualificado pelos locutores e jornalistas esportivos de "alçapão da rua Bariri" e de "galinheiro" por muitos engraçadinhos, entre outras coisas por suas dimensões mínimas cercadas por um alambrado, estava cheio, para o que nem precisava de muita gente. Como Fluminense, Botafogo e Flamengo — este derrotando o São Cristóvão por 4 a 0 — haviam jogado no sábado, seus torcedores mais fanáticos por futebol se encontravam disponíveis para incentivar ou "secar" o Bonsucesso. No primeiro caso estavam tricolores e rubro-negros, porque a desgraça do verdadeiro inimigo, o Botafogo, é tão doce quanto a nossa vitória. E, naquele ano de 1955, muita gente tinha o Bonsucesso como o seu segundo clube no coração, simplesmente porque era um time pequeno subindo. Não só os coletivos da zona norte, que passavam por Olaria, mas também aquele lotação que ligava certos extremos da cidade, o Olaria-Forte Copacabana, estavam lotados.

Em alguns deles, podiam-se ver bandeiras do Botafogo desfraldadas nas janelas. O resultado foi que muita gente não conseguiu entrar no estádio.

Lá dentro era uma mistura explosiva, com torcedores de clubes rivais lado a lado, e o pau andou comendo solto durante a partida preliminar na arquibancada e mesmo na social do Olaria. Pois quem era sócio do Olaria em geral só fazia essa opção por morar perto do clube e para poder frequentar os jogos no estádio, as quadras de esporte, a piscina e as festinhas na sede, estas bem familiares. Estes eram os sócios não sinceros, que tinham outro clube, naturalmente grande, no coração. Naquela tarde, a tribuna social estava repleta deles e de penetras de várias origens, principalmente de General Severiano, ali onde Botafogo faz fronteira com Copacabana e praia Vermelha. O método para penetrar era simples: apresentar aos porteiros uma carteirinha de sócio de qualquer coisa, com uma nota de certo valor dobrada dentro.

Quando o jogo principal começou, foi até bom para a paz pública, pois as atenções e a violência se concentraram no gramado. Num dos primeiros ataques do Bonsucesso, o Zé Augusto teve a petulância de tentar um drible e foi "levantado" pelo centromédio olariense, Barbosa. Talvez por isso o Conde tenha se deslocado para a ponta direita, onde, recebendo um passe do meia-armador e craque do seu time, Jair Francisco, pensou em chegar até a linha de fundo para centrar sobre a área. Não conseguiu, porque antes disso foi aterrado pelo lateral-esquerdo Dodô e, se o Zé não tira a perna direita na horinha, as consequências poderiam ter sido terríveis para ele.

Houve um repórter de beira de gramado que garantiu ter escutado o Dodô, quando este se curvou gentilmente para desculpar-se, recomendar ao Zé Augusto que não voltasse ali naquele setor do campo, sob pena de quebrar a perna. E que ainda puxou o cabelo do Zé, fingindo que afagava sua cabeça.

O árbitro do jogo, Alberto da Gama Malcher, era dos mais severos da Federação, mas, naquele tempo, não havia esse negócio de cartão amarelo de advertência, e ainda era muito cedo para expulsar alguém e ser acusado de favorecer o Bonsucesso, com o risco até de sofrer agressões, naquela atmosfera de ânimos exaltados. Além disso, não se curvara o Dodô para desculpar-se? E o juiz bradou e gesticulou espalhafatosamente diante do Dodô, para que o estádio todo visse que ele não estava compactuando com a violência.

Ao Zé Augusto, para ter um mínimo de tranquilidade, só restava voltar um pouco mais para buscar jogo. Quem poderia condená-lo? As lutas se ganham também com astúcia e inteligência, e foi nesse buscar jogo que o Conde dominou uma bola no meio de campo, atraiu o Barbosa e, antes que este pudesse atingi-lo outra vez, enfiou-a em profundidade para o Jair Francisco penetrar no espaço vazio e, diante da saída do goleiro Ari, tocar no seu canto direito e fazer o gol. Vibração entre os torcedores do Bonsucesso e todos os outros que não eram botafoguenses ou olarienses convictos. Por que, então, houve gente que teimou em não colocar isso na conta do Zé? Só porque uma coisa não termina em completa felicidade, deve-se esquecer de tudo de bom que houve antes?

Era natural que o time do Olaria, jogando em casa e conhecendo cada buraco do terreno, e não eram poucos, e ainda apoiado por uma torcida nervosa como a do Botafogo, partisse para cima do adversário, imprensando-o em seu campo. Isso era até bom para o Bonsucesso, que, com jogadores de maior categoria, podia usar a arma do contra-ataque. Isso também era bom para o Zé Augusto, pois a defesa adversária, na ânsia pelo empate, adiantou-se, descuidando-se da marcação e dando espaço para o Conde aparecer. E mesmo os torcedores para os quais futebol é sangue, suor e lágrimas, estavam apreciando suas jogadas de estilo. Numa tabelinha rápida com o Jair Francisco, o Zé deu de calcanhar para o ponta-direita Mílton entrar livre na área e perder um gol de pura afobação. Depois foi a vez do próprio Zé perder um gol, tentando encobrir o goleiro com um toquezinho, em vez de encher o pé, e a bola passou rente ao travessão. Suponhamos que essa bola tivesse entrado, provavelmente liquidando o Olaria, qual seria a nossa história? Mas, como muitas outras bolas na história — e vale lembrar o pênalti perdido por Zico contra a França na Copa de 86, e a cabeçada de Sócrates defendida pelo goleiro Dino Zoff, no final do jogo com a Itália, na de 82, lances, ambos, que poderiam levar o Brasil a mais títulos mundiais —, esta não entrou, mudando o destino de todas as coisas. Mudando até os nossos destinos pessoais, pois, em caso de vitórias, teríamos feito coisas completamente diferentes após os jogos, o tráfego nas ruas seria outro, fazendo com que atingíssemos mais cedo ou mais tarde nossos destinos, gente que morreu teria se salvado e gente que não morreu teria morrido.

De todo modo, quando se está ganhando, tudo é belo, e a torcida do Bonsucesso, acrescida de tantos simpatizantes, aplaudia. Na arquibancada, eu e meu irmão sentíamos o orgulho de quem conhece o craque em campo, pois desde que nosso tio nos apresentara a ele, o Conde nos cumprimentava quando nos via. E houve uns dois ou três jogos de aspirantes do Bonsucesso, em campos muito pequenos, em que o Conde chegou a acenar para a trinca que formávamos nas arquibancadas praticamente vazias: meu tio, meu irmão e eu. E, certa vez, no campo do São Cristóvão, antes de iniciar-se o jogo, o Zé chegou perto de onde estávamos e disse: "O que estou fazendo aqui?, me digam". E deu uma sonora risada.

Mas, voltando à rua Bariri, se astúcia, inteligência, categoria ganham jogos, isso não quer dizer que a força também não dê resultado. Num ataque maciço do Olaria, a bola foi lançada na área do Bonsucesso, onde se formou uma grande confusão de bate-rebate, todo mundo esbarrando em todo mundo, de modo que o juiz não podia marcar infração de ninguém. E apareceu o centroavante Maxwell para encher o pé, da pequena área, e empatar o jogo, sem nenhuma pretensão de estilo. Foi a vez de a aliança Olaria-Botafogo comemorar ruidosamente, na arquibancada e na tribuna social. Dentro do campo, o time bariri ainda esteve à beira de desempatar, na base do entusiasmo, mas logo depois o Malcher apitava o final do primeiro tempo.

*

Também não dá para continuar descrevendo indefinidamente uma partida. E, se algum comentário pode sintetizar o segundo tempo dela, antes de chegar a seu lance culminante, é que houve equilíbrio, com longos períodos de um puro e explicável tédio. Explicável por quê? Porque se até para Flamengo, Vasco, Fluminense empatar no alçapão da rua Bariri não era um mau resultado, para o Bonsucesso era melhor ainda, pois o clube aspirava, principalmente, a uma vaga no terceiro turno, e um pontinho ali ajudava bastante.

Já para o pessoal do Olaria, meio bicho pelo empate, mas pago pelo Botafogo, era bem mais substancial do que bicho integral pago por seu pequeno clube por uma vitória.

Isso não quer dizer que os jogadores houvessem entrado mais ou menos num acordo para empatar. Mas é que, às vezes, quando você teme mais perder o que tem do que conseguir o que lhe falta, instintivamente se acomoda. A tarde era quente, apesar do mês de agosto; a turma correra demais no primeiro tempo e agora pagava um preço. Até a violência era bem menor, porque muita pancada se dá em início de partida para impor respeito.

Quanto ao Zé Augusto, todo mundo sabia que não tinha gás para os noventa minutos e só fora escalado por causa da contusão de um titular. Como aspirante, não era exigido demais nos treinamentos físicos nem se concentrava para as partidas, embora houvesse dormido na concentração para esse jogo. E quem reparara bem vira que hoje ele correra muito mais do que o habitual, no primeiro tempo. No segundo, até os vinte minutos, tentou manter o ritmo, mas seu gás acabou, só isso.

Mas, então, quando aconteceu o pênalti, por que justamente ele, que nem titular era, quis cobrar e ninguém se opôs? Simples. Porque era um exímio e frio batedor de pênaltis. E, para chutar bola parada, não é preciso muito fôlego. Houve também quem visse na sua decisão razões mais secretas, espúrias, que, para esses, nunca se esclareceram devidamente. E, para o Conde, outro motivo bem particular, nos seus próprios termos. Mas, deste, pouquíssimos ficaram sabendo.

Quanto ao tal pênalti, os bons observadores perceberam que nele houve a participação do Conde, sem a bola. Pois quando o centromédio rubro-anil, Pacheco, de posse da pelota, foi avançando desde o seu campo, o José Augusto usou o final de suas energias para se deslocar para a direita, levando com ele o zagueiro olariense Renato, e ainda distraindo a atenção do outro zagueiro de área, Osvaldo, da verdadeira jogada, que era o Pacheco penetrando ainda mais pelo corredor aberto com o deslocamento do Conde. Até que não restou outro recurso ao volante Moacir senão dar-lhe um empurrãozinho pelas costas, na entrada da área. O Pacheco caiu teatralmente já bem dentro da área, mas que foi impulsionado pelo Moacir, foi. Faltavam apenas cinco minutos para terminar o jogo e houve o maior bate-boca sobre se fora ou não pênalti. Quem mais reclamou foi o próprio Moacir, que acabou expulso de campo. E a bola, por fim, foi colocada ali, na marca do pênalti.

*

Um austríaco escreveu um romance intitulado *O medo do goleiro no momento do pênalti*. Se houvesse frequentado a rua Bariri, talvez não falasse de medo, mas de pavor do goleiro no momento do pênalti. Ali, para ficar debaixo dos paus, tem de ser homem com "nervos de aço, sem sangue nas veias e sem coração", como na letra de samba. Não exatamente por causa da cobrança do pênalti, mas por aquilo que está atrás dele, goleiro: a torcida, quando é a inimiga, quase respirando no seu cangote, enjaulada pelo alambrado.

Porra, um sujeito aceita desde moleque o fardo daquela posição dúbia, solitária e arriscada, que o faz utilizar as mãos num esporte jogado com os pés; aguenta treinos e mais treinos específicos, esfoladuras, acrobacias, lama, e faz disso uma profissão honrada. Casa com mulher séria igual à mãe, para impor respeito quando ele está excursionando ou concentrado; tem com ela filhos, tudo isso para, no instante em que mais lhe são exigidos reflexo e concentração, chamarem-no pelas costas de corno, filho da puta e veado, em todas as suas variações, enquanto lhe atiram moedas, bagaços de laranja, paçocas, bananadinhas, pilhas de rádio. E, ainda por cima, tem de se conservar lúcido e frio para um raciocínio dos mais complexos, que Peter Handke, o tal austríaco, descreveu assim:

O goleiro procura descobrir qual o canto em que o outro irá chutar. Se o goleiro conhece o cobrador, sabe o canto que ele geralmente escolhe. Mas o cobrador, por sua vez, pode muito bem prever o pensamento do goleiro. O goleiro continua então a refletir e diz para si mesmo que, desta vez, a bola não virá no mesmo canto. Tudo bem, mas, e se o cobrador continua a seguir o raciocínio do goleiro e se prepara para chutar no canto habitual? E assim por diante, e assim por diante.

Jogando o José Augusto havia pouco tempo no futebol profissional, era bastante provável que o goleiro olariense, Ari, não conhecesse a sua maneira de cobrar pênaltis, ou o canto que geralmente escolhia, se é que existia um. Mas, durante o jogo, com a atenção que têm de ter os goleiros, com toda a certeza já percebera que o Conde chutava, e bem, com os dois pés, o que multiplicava por dois as várias probabilidades de o atacante enganar o goleiro, que também tinha de multiplicar por dois suas tentativas de adivinhar de que lado a bola viria, e preparar-se para se atirar a tempo no canto certo.

Quanto ao medo, que nos perdoe o austríaco Handke, é voz corrente que o do cobrador é muito maior, porque, se converter a penalidade, não estará cumprindo mais do que a obrigação e, se desperdiçá-la, poderá ser despejado na assim dita rua da amargura.

Mas, para o José Augusto, era como se não fosse com ele, de tanta calma e tranquilidade. As discussões com o juiz, a expulsão do Moacir, o tempo de bola parada, enfim, haviam lhe dado tempo para respirar — e respiração na vida é tudo. O Zé trazia um sorriso nos lábios. Um sorriso, penso eu — que me encontrava na arquibancada, bem atrás do gol —, mais de ironia que de deboche, e, se deboche houvesse nele, não seria pelas razões que alguns tentaram lhe atribuir, incoerentemente, depois.

A cobrança foi uma obra-prima. O Zé tomou apenas três passos de distância, para não dar tempo ao goleiro de seguir seu raciocínio, ou, pelo menos, para simular isso; só olhou para o guardião no momento do chute, viu que ele mexeu levemente o corpo na direção do canto direito, para o qual fingia que iria, e iria mesmo, tentando enganar o Conde, que, caminhando como quem iria chutar com a direita, só poderia chutar no canto direito da meta, pela posição de seu corpo e de seu pé, não houvesse ele, como o húngaro Puskas, maior craque da época, costumava fazer, trocado de pé no último instante, num indício indiscutível de que chutaria com o pé esquerdo no canto esquerdo do goleiro, que para lá se atirou, mudando sua intenção inicial, num reflexo perfeito. Só que o Zé chutou com a face externa do pé esquerdo, quase com o tornozelo, com tanto efeito que deu para ver as rotações e translações simultâneas da esfera rodando devagarinho para o canto direito, onde estaria o goleiro, se o Conde não o tivesse feito mudar de ideia na última hora.

Foi uma obra-prima até mesmo no ponto em que foi quase perfeita, pois existe algo de rígido, morto, na perfeição. Nunca se viu pênalti batido tão devagar, com o goleiro se esparramando ridiculamente no seu canto esquerdo, e a bola vindo de mansinho, quase parando, no outro canto, batendo caprichosamente na trave e permanecendo nas suas imediações, até que veio um zagueiro do Olaria e despachou-a para a lateral.

Foi tudo tão bonito e inusitado que quase ninguém na torcida do Bonsucesso, com seus aliados de ocasião, deixaria de perdoar — alguns até de se orgulhar —, não houvesse, depois que se aquietou um pouco a exultação entre os torcedores contrários, um sócio de prestígio do Botafogo, Carlito Sodré, que, lá na social do Olaria, levantou-se, pôs a mão no bolso da calça, tirou a carteira, e dela um maço de notas, exibiu-as triunfante e exclamou, teatralmente: "Esse Conde é nosso".

É claro que a fanfarronice do Carlito só pôde ser vista e ouvida por quem estava perto dele, mas não deixava de ser uma semente que, dependendo de certas circunstâncias, poderia germinar.

8

Durante o transcorrer daquele Olaria e Bonsucesso, foi disputado no Hipódromo da Gávea, em mil e seiscentos metros de grama leve, para cavalos nacionais de três e quatro anos, o páreo clássico Almirante Salviano, cujo final, guardadas as devidas diferenças entre os esportes, foi tão controvertido quanto o do jogo de futebol.

O páreo era bastante equilibrado, mas com ligeiro favoritismo para o tordilho Veleiro, do Stud Paula Machado, correndo com o número 1 e montado pelo chileno Oswaldo Ulloa. Logo a seguir, nas apostas, com o número 4, vinha o castanho Madagascar, do Haras Santa Isabel, sob a direção do então líder das estatísticas, o jovem pernambucano Manoel Silva, apelidado de Bequinho, e que costumava levar com ele muitos apostadores. Como terceira força, bastante falado entre os entendidos, tanto é que foi carregado de pules nos últimos minutos antes do encerramento das apostas, o alazão Mercúrio, número 7, do Stud Seabra, montado por seu jóquei titular, ninguém menos que o artista das rédeas, Francisco *Pancho* Irigoyen, chileno, já citado nesta história na condição de amigo de José Augusto, o Conde. E também Irigoyen e o *stud* para o qual montava costumavam atrair muitos apostadores. Mas muitos outros levavam fé no castanho Centurião, número 3, com a condução de Ubirajara Cunha, ganhador de dois páreos clássicos em São Paulo e que viajara para o Rio especialmente para disputar o Almirante Salviano. Fechando esse grupo seleto de concorrentes, entre os dezesseis que disputavam o páreo, o alazão Ulpiano, número 10, do Stud Peixoto de Castro, a ser conduzido pelo jóquei oficial da coudelaria, com seu uniforme de jaqueta branca com estrelas azuis, Juan Marchant, mais um dos chilenos que se tornaram verdadeiras legendas nos prados brasileiros. Como montava muitos favoritos e perdia com alguns, o que era natural, tinha uma certa fama de jóquei ladrão, injusta, com certeza, para continuar merecendo a confiança da senhora Zélia Gonzaga Peixoto de Castro. E o fato, aqui, é que todos esses puros-sangues eram craques, assim como seus jóqueis.

Dada a partida, tomou a ponta, tentando distanciar-se do pelotão, o aprendiz Haroldo de Vasconcelos, no dorso do ligeiro Morro Azul, seguido de perto por outro ligeiro e azarão, Lord, com a direção de Hélio Cunha. Duzentos metros adiante, os dois já eram ultrapassados por Vinhedo e Urupês, o primeiro também defendendo a cor dourada com listas azuis, do Stud Paula Machado, e o segundo também de propriedade de Zélia Peixoto de Castro, montados, respectivamente, pelo freio Antônio Ricardo, pai do atual campeoníssimo brasileiro e sul-americano, Jorge Ricardo, e por F. G. Silva, correndo com os números 1 e 10, faixas, como coadjuvantes de Veleiro e Ulpiano. Essa era e é uma prática muito comum nos prados: os proprietários e treinadores inscreverem mais de um cavalo em um páreo, pondo um deles, em geral o que carrega o número com a faixa, para brigar pela ponta, ou mesmo disparar nela, forçando o ritmo da corrida, exigindo muito dos adversários, para, na grande curva ou já na reta final, os cavalos titulares das coudelarias, poupados até então no percurso, serem exigidos por seus jóqueis com energia, avançando para tentar tomar a dianteira, às vezes só atropelando nos últimos quatrocentos, trezentos, duzentos metros, ou menos, dependendo do cálculo e da frieza dos montadores. E não chegava a ser raro que um desses coadjuvantes se distanciasse tanto do pelotão que não era mais alcançado, o que, para proprietários e tratadores, dava na mesma, inclusive pecuniariamente, que se fosse a vitória do cavalo principal.

    Mas, em matéria de cálculo, frieza, malícia, tática, categoria, a Gávea viu poucos jóqueis, até hoje, que pudessem se comparar a Francisco Irigoyen, que gostava de correr escondido no meio do bolo, ou nas últimas posições, evitando desgastes e percalços de carreira, dosando as energias do animal, para depois atropelar bem por fora, desimpedido, e matar o páreo, muitas vezes em cima da linha de chegada. Dos profissionais ainda em atividade, talvez tenha algo do seu estilo o veterano freio Gonçalino Feijó de Almeida, o matreiro Goncinha, atualmente montando nos Estados Unidos.

Voltando ao Grande Prêmio Almirante Salviano, já no início da grande curva, Manoel Silva, talvez para evitar que Vinhedo e Urupês livrassem uma vantagem considerável, fez com que Madagascar ganhasse posições para atacá-los, o que aconteceu no meio da curva, onde Bequinho, encontrando uma pequena e arriscada passagem junto à cerca interna, tomou a ponta. Manoel Silva, possivelmente, sabia que seu cavalo, apesar de segundo mais apostado, muito por causa dele, seu jóquei, era ligeiramente inferior aos principais adversários. E, tomando a ponta desde a curva, numa ultrapassagem de arrepiar os cabelos de quem estivesse assistindo à corrida de binóculos, ele conseguia um caminho desimpedido e, mantendo-se junto à cerca para completar a curva, ganhava frações de segundo preciosas. A partir daí, com sua obstinação de rapaz pobre que viera do Nordeste, era não deixar sua montaria esmorecer de jeito nenhum, nem que tivesse de usar e abusar do chicote.

Mas Oswaldo Ulloa, com Veleiro, e Juan Marchant, com Ulpiano, estavam atentíssimos e, já nos mil metros, avançavam juntos, mas cada um por sua conta, para ultrapassar com facilidade seus respectivos faixas e atacar o ponteiro, mostrando sobras que davam a impressão de que o páreo ficaria entre eles, pois talvez Bequinho houvesse se precipitado, buscando a ponta cedo demais. O jóquei do cavalo paulista, Centurião, tentou vir junto com eles, mas sofreu um partido aplicado por Antônio Ricardo, com Vinhedo, obrigando Ubirajara Cunha a levantar o animal, ficando completamente fora do páreo. Tudo isso conforme a descrição dos jornais e do comentarista da rádio Jornal do Brasil.

Lá na frente, todas as vezes que Ulloa e Marchant, com Veleiro e Ulpiano, tão perto um do outro que se prejudicavam mutuamente, atacavam Madagascar, quase o imprensando contra a cerca interna, Bequinho retirava forças insuspeitadas de seu cavalo e resistia. A assistência, primeiro na geral, depois na tribuna especial B, depois na especial A, e logo já na tribuna social, torcia ainda mais ruidosamente do que o normal, pois o páreo, faltando duzentos metros para a chegada, tinha três cavalos lutando pela ponta, cabeça com cabeça, pescoço com pescoço.

E Mercúrio? E Irigoyen? Por incrível que possa parecer, saindo de trás do bolo de concorrentes, lá pelos mil e trezentos metros de corrida — e trazido bem para fora pelo Pancho —, Mercúrio e Irigoyen, este com a tradicional blusa verde e negra, em listas verticais, do Stud Seabra, praticamente não eram percebidos, enquanto, do lado interno, os três outros candidatos à vitória brigavam encarniçadamente juntos, havendo quem visse que o Marchant, encaixotado entre o Ulloa e o Bequinho, acertava chicotadas em ambos, como se não houvesse outro modo de exigir de seu cavalo.

Como já acontecera tantas vezes na Gávea, Irigoyen contivera sua montaria e a si mesmo até faltarem quatrocentos, trezentos metros para o disco de chegada, quando iniciou para valer sua atropelada, como se o páreo começasse ali, ultrapassando de passagem Centurião — com Ubirajara Cunha tentando se recuperar do prejuízo que sofrera —, para, nos trezentos metros finais, o Pancho vir com tudo, "voando" nos últimos duzentos, cem, cinquenta metros, para cruzar o disco de chegada na mesma linha que Veleiro e Madagascar, já que Juan Marchant e Ulpiano, imprensados, ficaram meio corpo atrás.

Mais uma vez Francisco Irigoyen brindava os turfistas com uma atuação em que prevaleciam a técnica, o sangue-frio, a categoria, o risco. Sim, o risco de buscar vencer nos últimos metros, como se tirasse prazer dessa emoção — e certamente tirava, talvez não levando em conta, na medida certa, que Manoel Silva podia ter reservado o último alento, o último sopro, de seu cavalo, para uma partida curta nos metros finais, como se adivinhasse, ou soubesse, que, além dos concorrentes mais próximos, o Pancho vinha lá por fora, deitado no dorso de Mercúrio, soprando coisas em seu ouvido, sem usar o chicote. Houve gente tão exagerada que disse que Mercúrio passou fazendo vento no rosto dos espectadores que se debruçavam na cerca.

Afixados logo em seguida no marcador, apenas o quarto lugar para Ulpiano, o quinto para Centurião, o sexto para Vinhedo. A decisão para primeiro, segundo e terceiro, entre Madagascar, com Bequinho, Veleiro, com Ulloa, e Mercúrio, com Irigoyen, só poderia ser decidida no *photochart*, o chamado olho mecânico. Se alguns arriscavam que Madagascar, em sua reação final, teria livrado ligeira vantagem sobre Veleiro, não havia a perspectiva necessária para dizer se Mercúrio, cá por fora, como narrara o locutor do hipódromo, Teófilo de Vasconcelos, tirara terceiro, segundo ou primeiro lugar. Os que arriscavam que o cavalo do Stud Seabra ganhara talvez estivessem se deixando levar pelo retrospecto do Irigoyen em vencer corridas daquele modo. Outros afirmavam que o Pancho, dessa vez, levando-se em conta a categoria e aguerrimento dos adversários, viera tarde demais.

Os próprios jóqueis, menos ainda que os espectadores, não sabiam quem vencera, e ficaram os três, ainda montados, ali junto à tribuna social, deixando seus cavalos trotarem, seguros por cavalariços, esperando a revelação do *photochart*, para que os proprietários do ganhador viessem à pista, a fim de tirar a fotografia de praxe, com cavalo e jóquei.

O placar, naquela época, era feito de placas metálicas e acionado manualmente. E quando se viu o funcionário do hipódromo pegar a placa com o número 4, de Madagascar, os gritos e aplausos para o Bequinho, por seu arrojo e perícia, foram entusiasmados, naturalmente da parte dos que haviam apostado nele, ou de quem, tendo jogado em cavalos que chegaram mais distanciados, considerava aquele final como uma espécie de disputa entre Brasil e Chile.

Madagascar ganhara por uma diferença de focinho, de Mercúrio, que, por sua vez, livrara paleta sobre Veleiro. Se os turfistas consideraram normal a derrota do Ulloa, que se empenhara tanto com o cavalo do Stud Paula Machado, já Pancho Irigoyen, apesar de sua imensa classe, reconhecida por todos os aficionados de corridas da América do Sul, ao voltar à pista para a apresentação dos cavalos do páreo seguinte, no qual também montaria, foi recebido com vaias e todos os xingamentos de que apostadores frustrados são capazes, destacando-se os epítetos de rato, ladrão, gringo veado, vendido e filho da puta, isso para um homem que era conhecido por sua elegância pessoal e profissional.

Como na rua Bariri e a insinuação de Carlito Sodré sobre o Conde, a propósito do pênalti perdido, uma delicada questão técnica e moral foi levantada. Pode um jóquei envolvido num arranjo perder de propósito um páreo apenas por focinho? A voz corrente e sensata era a de que o Irigoyen perdera o páreo (como o Conde perdera o pênalti) por excesso de confiança e preciosismo, buscando a ponta tarde demais, embora por frações de segundo, pois, com dez metros a mais de pista, seria quase certo que ele sairia vencedor, apesar da brava, heroica mesmo, resistência de Bequinho e Madagascar. Essa foi também a opinião do Bolonha, da rádio Jornal do Brasil, o comentarista de corridas mais respeitado do Rio. Dessa vez, Irigoyen esperara um pouquinho mais do que o devido, e o excesso de confiança em sua maestria indiscutível talvez não o deixara alerta o suficiente para os grandes recursos do Bequinho, que arrancara energias insuspeitadas, quase inexistentes, de sua montaria, àquela altura, para livrar focinho de vantagem, e não teria sido impossível que ele estourasse o coração de Madagascar, cruzando o disco com um cavalo morto, quase um fantasma, permitiu-se exagerar poeticamente o Bolonha.

9

Na rua Bariri, após cobrado o pênalti, o jogo não demorou a terminar. Como o resultado não fora mau para o Bonsucesso, o time saiu de campo aplaudido por sua ampliada torcida, é verdade que o Zé também pelas de Botafogo e Olaria, de pura gozação, mas houve quem se lembrasse disso como sinal de cumplicidade com alguma tramoia.

Mas raciocinemos: um sujeito que sabe ou participa de um suborno favorecendo seu clube tem interesse em espalhar isso para todo mundo, como fez Carlito Sodré? É improvável, embora não impossível, pois há quem goste de se vangloriar da aplicação de golpes, imaginária ou não. De torcedores contando lorotas, de frases e gestos grandiloquentes, os estádios, como os hipódromos, andam cheios.

Mas quem, em sã consciência, mesmo entre os torcedores mais mitômanos, acreditará que um jogador que quer perder um pênalti irá chutar intencionalmente a bola na trave, de mansinho? Até porque poderá errar o cálculo e a bola entrar.

— Porra, se você quer perder um pênalti, dá um chutão para cima, ou para fora — foi o argumento de muitos torcedores de todas as facções, quando o boato do suborno começou a se espalhar.

— É, mas isso daria muito na vista — apareceram outros, como sempre aparecem, para contradizer.

Porém, a voz corrente, mesmo entre o pessoal que estava puto com o Zé, era a de que ele perdera o pênalti por excesso de confiança e virtuosismo, o que não diferia muito dos comentários de vários turfistas sobre a perda do páreo pelo Irigoyen.

— Um jogador vendido não faz aquelas jogadas que ele fez no primeiro tempo. Numa delas até saiu gol.

— Pode ter sido para despistar — terá retrucado o mesmo

espírito de contradição. — No segundo tempo, ele sumiu do jogo.

— Todo mundo sabe que o Zé não tem fôlego para noventa minutos. Mas e na marcação do pênalti? Não viram que ele jogou sem a bola, atraindo os zagueiros, para o Pacheco penetrar? Quem conhece futebol percebeu.

— É, mas ele fez questão de cobrar o pênalti e todo mundo viu de que jeito.

Assim que a porta do vestiário do Bonsucesso foi aberta, o próprio José Augusto não se furtou a dar explicações a uns poucos repórteres da imprensa escrita e falada. Disseram que parecia ansioso para fazer isso.

— O pênalti foi bem batido, todo mundo viu — ele disse, chateado. — Eu dei azar.

— Você não acha que houve displicência?

— Pelo contrário, caprichei até demais. Fiz o goleiro cair para um lado e rolei a bola no outro canto. O que vocês querem mais? Um centímetro à esquerda e a bola teria batido na quina da trave e entrado, vai ver a baliza aqui em Olaria é menor. Eu, se fosse vocês, ia lá medir — o Zé não resistiu e brincou.

Esse era bem o Zé Augusto, e se a TV estivesse ali no estádio, com os recursos de hoje em dia — tomadas de vários ângulos, velocidades variadas —, talvez o processo envolvendo o atacante e o goleiro, incluindo o duelo subjetivo, houvesse se visualizado. Mas não havia nem videoteipe, os gols e jogadas principais eram repassados em filmes de baixa qualidade e definição na televisão, e cabia aos jornalistas informar o que a grande maioria da cidade não tinha visto, pois o jogo transmitido direto do estádio pela TV fora Vasco 3 × 0 América, no Maracanã.

— Por que você chutou tão fraco, Zé? — perguntou com voz macia o jornalista Alcides Murta, da *Folha de Notícias*.

— Precisava força? — disse o jogador, já meio irritado. — Meu Deus, o que o cu tem a ver com as calças? — comentaram que ele havia acrescentado, depois de afastar os microfones. Mas disso eu duvido, porque o Zé Augusto era um cara bem-educado.

O Conde recebeu algumas críticas não muito fortes no domingo mesmo, nas rádios, e na segunda-feira em uns poucos jornais. O fato era que a sua cobrança do pênalti, fracassada mas sutil, provocara também admiração. No clube, houve quem o chamasse de irresponsável, mas também quem achasse graça, com uma ponta de orgulho, pela originalidade e frieza demonstradas no lance. E teria ficado nisso, um pênalti desperdiçado, como tantos outros, embora com muito mais categoria. Um pênalti que, apesar do falatório e de certos boatos a partir do estádio, logo seria esquecido, na terça-feira, quando a imprensa esportiva já teria esgotado o noticiário da rodada, passando a tratar da próxima.

O problema é que havia gente que não queria esquecer, como o citado repórter e cronista esportivo Alcides Murta, da *Folha de Notícias*. Assistindo ao jogo de um cubículo reservado para a imprensa na social do Olaria, o Murta testemunhara a frase e o gesto expressivos daquele sócio benemérito do Botafogo, Carlito Sodré, que ele conhecia só de vista mas sabia que era fanfarrão e dado a libações etílicas. Mas não andavam bem das pernas o jornal e muito menos o jornalista, que nem fora destacado para cobrir o jogo do Maracanã, confiado a um novato que trabalhava quase de graça. E eis que o Murta fareja ali uma reportagem que podia abrir-lhe melhores horizontes profissionais e pecuniários, pois a *Folha* só estava pagando por meio de vales esporádicos e aleatórios.

Fazendo a cobertura dos grandes clubes cariocas, o Murta não só tomara conhecimento das qualidades técnicas do José Augusto, como ficara sabendo, por alto, de sua origem social e vida não muito compatível com a de um atleta. Ouvira falar de uma misteriosa amante rica, mas nunca soubera de quem se tratava e até se esquecera do assunto. Porque, depois do lance de Paris, da Vênus de Milo e, bem menos, o do sorvete, com a consequente saída do Conde das Laranjeiras, ninguém na imprensa voltara a tratar do Zé, pois um reserva do Bonsucesso, ainda que com aquela estirpe, apelido, boa técnica e boa pinta, não é assunto jornalístico.

Já o Botafogo, mesmo caindo pelas tabelas, era um grande clube, diretamente interessado no jogo que ele acabara de presenciar, com uma cobrança de pênalti no mínimo extravagante. Saltando um cercadinho que separava a tribuna de imprensa do resto da social, o Murta tentou aproximar-se do Carlito Sodré, logo depois daquele seu gesto e frase teatrais. Significativamente, o Carlito já era arrastado por dois outros botafoguenses em direção à saída do estádio, mal o jogo acabou. O Murta ainda os seguiu, mas foi repelido, até com alguma truculência, pelos amigos do Sodré, quando tentou falar com este último.

*

A *Folha de Notícias* tinha sido getulista e vivera uma época áurea em que conseguia uma quantidade razoável de anúncios oficiais, ou da parte de empresários ligados ao governo. Com o suicídio do presidente, na madrugada de 24 de agosto de 1954, no Palácio do Catete, o jornal, após esgotar sucessivas edições com o noticiário do grande drama político e acontecimentos subsequentes, começou a caminhar a passos cada vez mais largos em direção à própria cova. Quase todos os jornalistas da *Folha* acumulavam esse trabalho com outro emprego, de preferência público, e gozavam de uma boa liberdade para escrever matérias de seu próprio interesse, muitas vezes escuso, desde que não contrariassem os interesses do dono do jornal. Pensaria o Murta em algum benefício dessa ordem, ao investigar o que poderia haver atrás do pênalti perdido? O mais provável é que o jornalista não desprezasse essa possibilidade, puxando um fio que ele não sabia ainda aonde ia dar, ou talvez pensasse em revalorizar-se profissionalmente e mudar de jornal, pois com o governo de Café Filho, falsamente getulista, perdera seu empreguinho na gráfica do Catete.

Com a grande diminuição do número de anunciantes, espaço para as matérias não era problema na *Folha*. Não é de admirar que tenha sido o único jornal a dedicar uma página e meia, bem ilustrada, ao jogo Olaria e Bonsucesso.

Na redação, não é difícil imaginar, falava-se alto, brincava-se muito, contavam-se piadas a respeito de tudo e de todos, e até se davam escapadelas aos botequins das proximidades para beber alguma coisa. E a disciplina? Mas que disciplina, se ela não era muito respeitada, naquela época, nem nos jornais que pagavam em dia? E, naquela noite, no meio de uma certa algazarra e discussões esportivas, que se intensificavam nos finais de domingo, também não é difícil imaginar o Murta, tendo em vista o que escreveu depois, mais concentrado do que nunca, procurando em números anteriores do jornal o que já tivesse saído sobre José Augusto do Prado Fonseca, o Conde. Nessa varredura, não escapou nem uma coluna social da zona norte, em que o jogador aparecia. E é também bastante provável que o Murta, tendo em vista o que escreveu em sua crônica, tenha se detido para ouvir um relato detalhado do pessoal do turfe, sobre a magistral vitória do Bequinho sobre o Irigoyen.

No que toca ao jogo, Alcides Murta, com sua experiência, escreveu duas laudas bastante objetivas sobre o mesmo, desde a ficha técnica com as escalações das equipes, trio de arbitragem, público, renda, até os lances principais da partida, detendo-se mais, como não podia deixar de ser, na cobrança do pênalti, que narrou com uma objetividade que acentuou sua dramaticidade. Sei disso tudo, porque li a reportagem e tudo mais nas páginas esportivas da *Folha de Notícias* no dia seguinte.

Terminada essa primeira tarefa, depois da qual deve ter se reunido com o pessoal da fotografia e o próprio chefe da seção de esportes, o Murta terá voltado à sua mesa para escrever sua coluna de fins de semana, que, dessa vez, mereceu um espaço e destaque bem maiores do que os habituais. Ciente, com toda a certeza, de que suborno era um tema explosivo, que poderia voltar-se contra um acusador, ou mesmo um insinuador, que não tivesse provas, o jornalista produziu a seguinte pérola da crônica esportiva, em que o tempo de verbo mais usado foi o condicional:

Caprichos da pelota ou a roda da fortuna?

Que um malote com dinheiro vivo teria saído de General Severiano, ontem, rumo à rua Bariri, para pagar aos jogadores do Olaria, pelo empate arrancado a duras penas diante do Bonsucesso, uma gratificação que seria em dobro no caso de vitória, não chega a ser novidade no futebol. Esse é um procedimento adotado desde a profissionalização dos nossos clubes. No entanto, alguns fariseus do esporte teimam em equiparar o incentivo positivo ao negativo, sob a frágil argumentação de que jogadores que aceitam dinheiro de fora do clube para ganhar poderiam aceitá-lo para perder.

Ora, isso ofende a honra dos atletas olarienses, que, apesar de defenderem uma equipe modesta, se mantêm fiéis à tradição do clube de oferecer uma brava resistência aos times grandes que o visitam em seu estádio. Não foi outra coisa o que aconteceu ontem ao Bonsucesso, atualmente aspirando substituir o Botafogo na elite do futebol carioca. E nada mais natural que o alvinegro da estrela solitária se defenda — ou ataque — como possa. Desde que legitimamente, bem entendido.

Pois são muito graves certas suspeitas levantadas, principalmente a partir das insinuações de um prestigiado sócio botafoguense, exposto ao desconforto da social do Olaria, de que o controvertido player do Bonsucesso, José Augusto, o Conde, também estaria na folha de pagamento botafoguense, e, por isso, teria desperdiçado o pênalti que poderia levar o fantasma do campeonato a mais uma vitória. Nós estávamos lá e vimos. Vimos esse senhor exibir, teatralmente, cédulas de cruzeiros, enquanto exclamava, de forma ambígua: "Esse Conde é nosso". Mas, ainda assim, preferimos não revelar seu nome, por enquanto, na esperança de que seu gesto e palavras tenham nascido de uma fanfarronada, talvez de quem bebeu além da conta.

Voltemos ao lance. Se, de fato, foi uma penalidade cobrada de forma inédita, pela verdadeira delicadeza do chute, não há a menor dúvida de que o Conde deslocou o goleiro Ari com perfeição, levando-o à beira do ridículo. Goleiro num cantinho, bola no outro. Só que... na trave. Agora, dizer que o Conde chutou-a ali intencionalmente e, para tal, teve de fazê-lo devagarinho é atribuir-lhe um grau de premeditação, de cálculo, de responsabilidade, num lance que talvez seja fruto do seu oposto: a irresponsabilidade, irreverência e até displicência do jogador.

Os que acompanham de perto o futebol sabem muito bem que o Fluminense só cedeu o passe do Zé Augusto, gratuitamente, ao Bonsucesso, justamente pelas últimas "qualidades" acima referidas.

Por acaso emendou-se o Conde em Teixeira de Castro? Depois da verdadeira e malsucedida galhofa de ontem, não será o caso de darmos crédito, também, aos rumores de que o José Augusto só não vestiu a camisa de titular no jogo em que o Bonsucesso *foi derrotado pelo Flamengo por 4 a 1 porque teria "matado e enterrado uma tia" para deixar a concentração e ir encontrar-se, tarde da noite, com uma dama que, ao que dizem, pertenceria à nossa melhor sociedade?*

Quanto a este último detalhe, não seria de espantar a desenvoltura desse atleta, que, fazendo jus ao apelido, pertence ele próprio a uma tradicional e abastada família paulistana, o que falaria a seu favor na questão do suposto suborno, pois não necessitaria do futebol profissional para sobreviver. Bastaria entrar nos negócios do pai, o empresário e político, ex-deputado federal pela UDN de São Paulo, Francisco do Prado Almeida Júnior, que, é sabido, não suporta os esportes populares mas compartilha de pelo menos uma das paixões do filho: os cavalos de corrida e as consequentes apostas neles.

É natural, então, que o Conde goze da amizade deste que é um dos maiores jóqueis em atividade no Brasil, o bridão chileno Francisco Irigoyen, aliás pessoa recebida na nossa melhor sociedade e que, por uma notável coincidência, perdeu um páreo incrível em cima do disco, na tarde de ontem, na Gávea. Queremos sugerir com isso alguma manobra escusa, de um ou de outro? Não. Apenas que o Conde pertence a outro meio, pois, afinal, apostar em cavalos é permitido por lei e não faz de ninguém, por essa única razão, corruptível.

Podemos até admitir que José Augusto do Prado Almeida, o Conde, mereça algum tipo de advertência, ou até punição mais grave, do clube ao qual está cedido, pela maneira displicente, desrespeitosa, como bateu o pênalti no jogo de ontem, o que custou ao Bonsucesso um ponto precioso na tabela, beneficiando seu concorrente mais direto por uma vaga no terceiro turno. Perguntado por nós a ele por que chutara tão fraco, limitou-se a responder (cinicamente?): "Precisava força?". Mas acusar o jogador de "estar na gaveta" do Botafogo só seria admissível mediante provas ou evi-

dências mais fortes. E é bom não esquecer que mancha tão negra respingaria na branca e gloriosa estrela solitária botafoguense.

*

A página e meia da *Folha* com o noticiário sobre o jogo e a crônica do Murta saiu ilustrada com quatro fotos. Três delas formavam uma sequência com a cobrança do pênalti, captada habilmente por um fotógrafo postado atrás do gol do Olaria. Na primeira, via-se o Conde batendo na bola com a face externa do pé esquerdo, enquanto o goleiro já esboça um movimento para o canto direito da meta; na segunda, tanto a bola como o goleiro já estão a meio caminho: ela, do canto esquerdo, enquanto ele, decididamente, do canto direito. Finalmente, na terceira foto, o goleiro está ridiculamente esparramado à direita de sua meta, enquanto a bola se encontra, como que parada, na trave do lado oposto. Quanto às legendas, eram apenas descritivas do lance.

A quarta foto era, no mínimo, curiosa. Estampava o Conde, de paletó mas sem gravata, dançando com uma jovem e bela mulata, os corpos bem juntinhos. Enviesada sobre o vestido da moça, uma faixa com a seguinte inscrição: Miss Bonsucesso Primavera. A legenda era: "O Conde se divertindo na noite leopoldinense".

Na página de turfe do jornal, além dos resultados e rateios de toda a reunião de domingo no Hipódromo da Gávea, havia, como não podia deixar de ser, uma foto do empolgante final do Grande Prêmio Almirante Salviano. Não se levantou a hipótese de o Pancho não ter querido ganhar o páreo, e sim a questão de ele talvez ter procurado esse páreo tarde demais. O título escolhido para a página era: "Bequinho dá uma lição em Irigoyen".

Embora, evidentemente, mais concisa, a descrição do Grande Prêmio Almirante Salviano, no jornal *O Globo*, na segunda-feira 25 de outubro de 1955, não contrariou o que aqui foi uma reconstituição livre do que saiu publicado sobre aquele páreo em outros jornais. *O Globo* publicou também uma declaração do senhor Nelson Seabra, proprietário de Mercúrio, não apenas reafirmando a sua total confiança no jóquei titular do Stud Seabra, Francisco Irigoyen, como aprovando inteiramente sua atuação no dorso do animal, esperando a hora certa para atropelar, numa carreira em que vários jóqueis brigavam pela ponta, com o risco de exaurirem suas montarias. O fato de Irigoyen não ter ganhado a prova foi uma circunstância normal de corrida e, antes de perguntar por que Mercúrio perdera, não seria o caso de cumprimentar os proprietários, tratador e jóquei de Madagascar pela forma exuberante como foi apresentado e a condução impecável que recebeu?

*

Coluna "O Pangaré", no mesmo jornal, escrita pelo finíssimo jornalista e compositor popular Haroldo Barbosa. Invariavelmente saía com os desenhos de dois cavalos matungos, um sorrindo, o outro zangado, e, algumas vezes, uma ilustração engraçadíssima mostrando um boi com uma touca na cabeça, com uma crítica a quem houvesse dado uma mancada na área do turfe.

O Pangaré gostou — *Do arrojo e perícia de Manoel Silva, no dorso do grande vencedor do Almirante Salviano, Madagascar, calando aqueles que afirmam que, apesar de um grande ganhador* de corridas por sua energia, coragem e honestidade, o Bequinho não tem a mesma categoria de um Emigdio Castillo, um Luiz Rigoni, um Francisco Irigoyen.

O Pangaré não gostou — Embora possa admitir a possibilidade, apenas a possibilidade, de que se Irigoyen houvesse procurado a corrida um pouquinho mais cedo, poderia ganhar a prova clássica de ontem, o Pangaré não gostou da má educação de certos aficionados, agredindo com grande virulência verbal o bridão chileno, demonstrando ressentimento e incompreensão do estilo inigualável e sofisticado do Pancho, para perder ou para ganhar.

O boi de touca — Num grande páreo, como o clássico de ontem, nada mais natural que a touca vá para um jóquei de primeira grandeza, como Juan Marchant, no dorso de Ulpiano. Tentando imprensar Madagascar e seu jóquei contra a cerca interna, mas ficando ele próprio encaixotado entre Bequinho e Ulloa e distribuindo chicotadas a torto e a direito, Marchant parecia mais empenhado em não deixar seus adversários ganharem do que em ele próprio vencer a prova.

11

O aumento de vendagem da *Folha de Notícias* na segunda-feira 25 de outubro de 1955 não foi desprezível e ninguém teve dúvidas de que tal fato se deveu às insinuações de suborno de José Augusto, o Conde, no jogo Olaria e Bonsucesso, com interesse direto do Botafogo. Na página sobre o jogo, a *Folha* publicou a seguinte manchete: "Conde joga vitória na trave". Na chamada de primeira página, o destaque, como era natural, ficou para o clássico Vasco 3 × 0 América. Mas não deixava de atrair atenção, na mesma chamada, uma linha marota sobre o jogo no subúrbio: "Na rua Bariri, pênalti perdido favorece o Botafogo". E se o clássico leopoldinense já transcendia a si próprio no campeonato daquele ano, passou a transcender muito mais depois do que escreveu sobre ele o Alcides Murta. É claro que os outros jornais também mencionaram o pênalti em suas páginas esportivas, porém sem tirar ilações maldosas da jogada. No máximo, se criticava a displicência e exagero de confiança do Conde.

Mas lida e relida, em todas as redações, a crônica do Murta, apesar de nem jornal nem jornalista gozarem de boa fama, a consequência foi que o homem mais caçado pela imprensa esportiva do Rio de Janeiro, naquela segunda-feira, fosse José Augusto do Prado Fonseca, o Conde.

Como era dia de folga para o elenco do Bonsucesso, não adiantava procurar o José Augusto em Teixeira de Castro. Mas houve quem ligasse para lá, à cata de, pelo menos, algum dirigente rubro-anil, para falar das insinuações de suborno de um atleta do clube e acabasse conseguindo apenas uma declaração ética e diplomática de ninguém menos do que o ponta de lança Geraldo, em tratamento no departamento médico. Disse o Geraldo, a *O Jornal*, que era simplesmente ridícula qualquer suposição de que o seu substituto pudesse ter chutado o pênalti de propósito na trave. Fora uma infelicidade e só.

O passo mais óbvio, numa segunda de manhã, era procurar o Conde em casa. Mas a empregada que atendia ao telefone na residência do jogador informava que, ao chegar no trabalho de manhã cedo, de sua folga no domingo, não encontrara o patrão em casa.

Pensando que o Conde talvez estivesse evitando a imprensa, alguns repórteres, acompanhados de fotógrafos, resolveram ir à rua das Acácias, na Gávea, onde o José Augusto morava no apartamento 302 de um prédio de quatro andares, sem elevador. Aos que desejavam saber de um misto de zelador e porteiro se o Conde estava mesmo fora, se dormira em casa etc., o empregado se limitava a falar que não sabia, pois não se intrometia na vida dos moradores. Mas que o pessoal podia ver que o carro vermelho do jogador não estava no estacionamento a céu aberto.

Um jornalista chegou a subir e a empregada lhe abriu a porta mostrando o apartamento vazio. Alguns profissionais esperaram um certo tempo para ver se o Conde aparecia, mas como este não dava sinal de vida, foram se dispersando aos poucos, pois não podiam permanecer um dia inteiro à espera de um jogador do Bonsucesso, não importava o que ele tivesse feito na véspera. Tinham de produzir algum material concreto sobre as especulações ou então deixar o assunto de lado. Enfim, esses foram episódios dos quais se ficou sabendo por comentários aqui e ali, além do próprio noticiário dos jornais. Na rua das Acácias restou apenas uma estagiária do *Diário Carioca*, de quem se falará mais tarde.

Carlito Sodré, cujo nome acabou por vir à tona, era outro homem em dias sem futebol e recebeu a imprensa de terno e gravata impecáveis, cafezinho e tudo, no Ministério do Trabalho, onde era diretor do departamento pessoal. Negou, categoricamente, que houvesse sacudido cédulas de cruzeiros na social do Olaria, como insinuaram certos boateiros. E se alguém mais fizera isso, não teria passado de um bom chiste. Isso mesmo, um chiste, ele fez questão de repetir o preciosismo.

"O Botafogo vai se classificar para o terceiro turno e um clube da sua tradição jamais utilizaria métodos escusos para alcançar seus objetivos. Querem saber de uma coisa? Esse rapaz, o Conde, é um craque e a cobrança do pênalti foi linda. Só não entrou porque Deus está do nosso lado", e o Carlito deu uma sonora risada.

A frase, fosse ela mística ou simplesmente cínica, não era das piores para sair em jornal. Mas, à falta de algum fato mais substancioso, a acusação de suborno não poderia prosperar. E houve redatores-chefes de esporte, em jornais importantes, que simplesmente mandaram deixar de lado aquele negócio sujo, que surgira num jornaleco pelas mãos suspeitas de Alcides Murta. Que se deixasse o fogo chamuscar quem o ateara. Aliás, por onde andaria o Murta? Como depois se soube, segunda-feira, providencialmente, era o seu dia de folga.

Mas houve quem, como o jovem repórter Lélio Teixeira, do *Correio da Manhã*, insistisse um pouco mais naquele filão que era o Conde, subornado ou não, pois sua jogada fora no mínimo original e talvez decisiva para os rumos do campeonato. Aliás, o próprio jogador era uma figura singular no futebol profissional. E Lélio resolveu passar pelo Fluminense, que, como sabemos, detinha o passe do jogador. Como o tricolor jogara no sábado, ganhando do Botafogo de 1 a 0, seu departamento de futebol voltara às atividades na segunda. Com a vitória da antevéspera, o pessoal estava de bom humor e não foi difícil levantar casos saborosos sobre o José Augusto, durante sua curta passagem por Laranjeiras. Mas essas histórias já pertenciam ao passado e não faziam avançar um milímetro o caso de suborno, pelo contrário, mostravam um jovem irreverente, desprendido, com um espírito amadorístico. A incrível cobrança daquele pênalti podia apenas comprovar isso.

Mas Lélio era um desses repórteres vocacionais, que não se dão por satisfeitos antes de esgotar as possibilidades de uma pauta. Ouvindo falar da condição de meu tio como padrinho do Conde no tricolor, tentou e conseguiu chegar até o primeiro. A defesa que meu tio fez do protegido e já amigo foi veemente. Era um jovem que, se colocasse a cabeça no lugar e pusesse o futebol entre as suas prioridades, poderia chegar à seleção brasileira. De família e formação muito boas, meu tio acrescentou, não via como o José Augusto poderia reagir, senão com indignação, ou partindo para a galhofa ou o escárnio, a uma proposta de suborno.

Nessa conversa com meu tio, num almoço a três, porque havia também um fotógrafo, era natural que viesse à tona o futebol de praia e, consequentemente, Uílson de Freitas, o Tigela, e suas histórias sobre o Conde, omitindo-se, é claro, a da amante, que podia conduzir a reportagem pela trilha errada. Já quanto ao gosto pelo turfe, o informante preferiu dizer que nada sabia sobre isso. Lélio Teixeira ouviu tudo com atenção, anotou, mas não revelou a meu tio suas intenções. Ao deixarem a Churrascaria Gaúcha, em Laranjeiras, onde haviam almoçado, tomaram, ele e o fotógrafo, um táxi para Copacabana, em torno de três e pouco da tarde.

Pedindo ao motorista que rodasse bem devagar pela pista da avenida Atlântica do lado da praia, o repórter foi descendo aqui e ali, entre os postos 5 e 3, observando a areia e perguntando a pessoas na calçada que tinham pinta de conhecer um cara como o Tigela ou Uílson de Freitas, se o conheciam mesmo e se este estava na área.

Uma dessas pessoas a quem ele fez a pergunta era um mulato vestindo uma velha blusa e um short e calçando alpercatas. Nas mãos ele segurava pipas em forma de pássaros, ao lado de um menino que também segurava algumas dessas pipas. Era, portanto, um camelô com um ajudante. Com um pé sobre um banco de cimento, ele como que olhava o horizonte, mas oferecendo o perfil a quem passasse, numa posição fotogênica, ainda mais com as pipas, como se aguardasse mesmo ser fotografado, entrevistado, naquela tarde, como escreveu depois Lélio Teixeira.

Ao ouvir o jornalista perguntar pelo Uílson de Freitas ou Tigela, respondeu simplesmente:

— Às suas ordens.

Como se pode saber de tais detalhes? Muito simples. Lélio Teixeira usava uma técnica de reportagem muito difundida na época, que consistia em introduzir, para dar mais credibilidade aos fatos narrados, a pessoa do repórter na notícia, só que, por uma questão de elegância, na terceira pessoa.

Então ficamos sabendo, também, que repórter e fotógrafo descalçaram sapatos e meias para acompanharem areia adentro o Tigela, que, na praia, se fazia de anfitrião. Antes o Tigela deixou todas as pipas com o garoto, que ele chamava de Bené.

— Meu sobrinho — disse. — E as pipas são americanas legítimas.

Estavam ali no posto 4,5, entre as ruas Santa Clara e Constante Ramos, onde duas balizas formavam um campo de futebol, naquele momento ocupado apenas junto a uma das metas, onde garotos peladeiros faziam uma linha de passe.

Como já se deixou claro, uma insinuação de suborno, partindo de um jornalista como Alcides Murta e de um veículo como a *Folha de Notícias*, não podia ser reconhecida oficialmente como fonte de um jornal da estatura do *Correio da Manhã* e de outros da grande imprensa. Como numa conversação diplomática, era preciso ir de mansinho e, para todos os efeitos, estava-se ali para uma reportagem sobre os méritos e peculiaridades de um craque oriundo da praia, responsável por uma jogada incomum, inédita mesmo, na véspera.

Uílson de Freitas, que de bobo não tinha nada, lera a *Folha de Notícias* na banca de um amigo seu e sabia muito bem da razão maior oculta naquele súbito interesse pelo Conde, por um jogador do Bonsucesso, mas não se fazia de rogado e vivia, sem pressa, seus momentos de efêmera fama. Com exuberância de gestos, narrava lances protagonizados pelo Zé Augusto naquele terreno belo e traiçoeiro da areia, e tanto entrevistado como entrevistador eram flagrados pela câmera do fotógrafo, pois, naquele tempo, também era comum o repórter aparecer na fotografia. E chegou o Lélio, junto com o Tigela, a banhar os pés na água, como saiu escrito na matéria, a propósito do lance naquela zona-limite, narrado no princípio desta história, com o Conde dando o passe dentro d'água para o contestado gol da vitória do time da Sá Ferreira contra o da Miguel Lemos. E não deixavam de ser um local e momento apropriados para o jornalista perguntar:

— O senhor acha que um jogador do nível do Conde é capaz de chutar um pênalti na trave, de mansinho e de propósito?

Depois de meditar um pouco, mas profundamente, para medir suas palavras, o Tigela disse, com orgulho indisfarçável:

— Olha, rapaz, o Conde é capaz de meter uma bola onde ele quiser.

— Então o senhor acha que ele pode ter perdido o pênalti por querer?

— Não acho não.

— E o senhor pode dizer aos nossos leitores por quê?

— Não é do feitio dele, compreende? Vender-se seria trair os companheiros, sujar seu nome. Mesmo em caso de necessidade, o pai do rapaz é rico. Qualquer aperto é só ele voltar para São Paulo. Nem precisa do futebol.

— E se ele estiver devendo? Dizem por aí que ele gosta dos cavalinhos de corrida.

— Olha, muita gente boa gosta. E na vida dos meus amigos não entro não, o senhor vai me desculpar.

— Mas o senhor disse que ele mete uma bola onde quiser.

— Rapaz, isso não quer dizer que ele quis meter a bola na trave. Infalível só Deus.

Vejam bem que Uílson de Freitas, lealmente, fugiu da questão dos cavalinhos e não mencionou a amante, sobre a qual, aliás, não foi perguntado, até porque Lélio Teixeira estava longe de apreciar a imprensa marrom. E se Uílson fizera esse tipo de confidência a meu tio, quando da descoberta do jogador, era porque considerava um elogio e não estava tratando com um jornalista.

Qualquer pessoa que conhece um pouco de jornalismo sabe muito bem que o peso de uma frase vai depender muito do lugar onde ela é posta, ainda mais se isolada. O *Correio da Manhã* não era nenhuma *Folha de Notícias*, mas editor bobo, de qualquer caderno, já nasce morto para a profissão. E o leitor destas páginas poderá imaginar o efeito que causou, nos leitores do *Correio*, a seguinte frase, escolhida para legendar a foto que ilustrava a reportagem: "Uílson de Freitas, treinador da praia: o Conde mete uma bola onde ele quiser".

Quanto à foto, de boas dimensões, mostrava o Tigela, cigarro na boca, com o traje já descrito, sentado de costas contra uma trave, na areia, segurando uma bola que os garotos da linha de passe lhe emprestaram. Nessa foto o repórter achou que não devia aparecer, com aquela paisagem tão linda ao fundo, pegando até o Forte Copacabana.

O corpo da matéria, faça-se justiça ao Lélio Teixeira e ao *Correio da Manhã*, não reforçava a ideia de suborno, contando direitinho o que o Tigela dissera sobre o José Augusto. Mas, além da foto e sua legenda, o simples fato de um órgão da melhor imprensa considerar, ainda que em forma de pergunta a um entrevistado, a hipótese da perda intencional de um pênalti, já contribuía para multiplicar por milhares o seu campo de repercussão. Ou seja, se de uma calúnia se tratasse, ou mera irresponsabilidade de quem lançara no ar a conjetura, um desmentido talvez só aumentasse a desconfiança.

12

Trabalhar uns tempos de graça era a sorte dos que se iniciavam no jornalismo, os chamados "focas". Fora nessa condição, para aprender, que a jovem Daisy Batista acompanhara uma equipe de repórter e fotógrafo do *Diário Carioca* e depois foi deixada de plantão na rua das Acácias, devidamente instruída, para o caso de o Conde aparecer. Daisy, em seu estágio, fazia um rodízio pelos setores do *Diário* e tinha máquina fotográfica própria, o que era bom para ela e para o jornal.

Daisy era uma moça bonitinha, mas, sendo uma das poucas mulheres numa profissão de homens naquele tempo, preferira vestir-se discretamente, com uma saia compridinha e uma blusa que cobria até os cotovelos e, como adornos, uma pulseira e brincos. No rosto, apenas uma pintura básica.

Havia próximo ao edifício Araras, no qual morava o Zé Augusto, um botequim onde os jornalistas puderam amenizar seus plantões com cafezinhos, refrigerantes e sanduíches. Depois da debandada, Daisy estava sozinha a uma mesa com vista para o edifício, entediando-se com uma Coca-Cola tomada com canudinho, quando seu coração bateu mais forte, ao ver uma baratinha vermelha parar em frente ao Araras. Dela desceu o Conde, que, sem guardar o carro, encaminhou-se para o edifício. Era mais ou menos meio-dia e meia. Daisy saiu às pressas do botequim, já batendo fotos.

— Posso lhe fazer umas perguntas? — perguntou timidamente ao Conde.

José Augusto virou-se para ela e ficou agradavelmente surpreso, ao ver aquela moça magra, bonita, tímida e gentil, apesar das fotos que batera.

— É sobre o jogo de ontem, não?

— Sim, se você não se incomodar.

— Eu não me incomodo, desde que você não venha com aquela história absurda de suborno. E também não posso demorar. Tenho um compromisso para o almoço e preciso passar em casa.

— Pode deixar, mas é sobre o pênalti. O pessoal está dizendo que você bateu de um modo diferente.

— Nada de mais. Eu desloquei o goleiro para um canto e chutei a bola no outro, para fazer o gol. Simples.
— Mas a bola não entrou.
O Conde riu.
— Há bolas que não entram.
— Mas por que você bateu tão devagar?
— Pois eu vou lhe dizer. Pensei na beleza e na graça do lance. Não é para isso que as pessoas vão ao futebol? Para ver o espetáculo? Agora a senhorita me dá licença...

O Conde não teve nem tempo de terminar a frase. Depois de deixar um carro negro parado longe do meio-fio, desceu dele, como se surgida de lugar nenhum, uma morena bonita, de blusa xadrez, preta e branca, óculos escuros, calça comprida e sandálias, e aproximou-se rapidamente do José Augusto. Na mão direita ela trazia enrolado um jornal e, com ele, tentou atingir a face esquerda do Conde, como se lhe desse uma bofetada. José Augusto mal teve tempo de esquivar-se. Conforme Daisy Batista escreveu no jornal, a mulher disse, quase gritando:

— É assim que você se concentra? Com essa mulata suburbana?

Dito isso, ela atirou o jornal no chão e voltou a seu carro, aos prantos, e arrancou com ele, cantando pneus, enquanto o Conde sumia no edifício Araras. Apesar de tão atônita quanto o jogador, Daisy não deixou de bater a foto da quase agressão, quando o jornal passava raspando o rosto do Conde. A foto saiu um tanto tremida, pelas circunstâncias, mas ela valeu a efetivação de Daisy no jornal. A estagiária ainda bateu fotos à vontade do matutino *Folha de Notícias* no chão, aberto na página da coluna "Zona Norte", mostrando nítida a fotografia do Conde dançando de rosto colado com Miss Bonsucesso Primavera. E Daisy ainda levou consigo a *Folha de Notícias* como troféu para a redação.

13

Naquela mesma segunda-feira, José Augusto do Prado Fonseca foi almoçar com Francisco Irigoyen, como todo mundo ficou sabendo, porque eles comeram no Bife de Ouro, do Copacabana Palace, tido por muitos como o melhor e um dos mais elegantes restaurantes do Rio de Janeiro. Ambos trajavam terno, como era norma da casa. Ver o Pancho de terno era natural e até corriqueiro, mas o Conde assim vestido causou quase comoção nos fotógrafos e em algumas mulheres. O pessoal se esquecia de que ele era um jovem de São Paulo, naquela época uma cidade de costumes mais formais que o Rio de Janeiro, embora José Augusto já estivesse plenamente adaptado à capital.

Havia sempre jornalistas no Copa, unindo o útil ao agradável, um bom almoço perto de gente que era notícia, pois conseguiam ver, durante a refeição, quem almoçava com quem no mundo da política, dos negócios, ou simplesmente da sociedade, mas raramente do esporte. Francisco Irigoyen, porém, como já vimos, era uma exceção, e o Conde também — por que não? —, só que bem menos conhecido do que o Pancho, cujo círculo de amizades extrapolava em muito a órbita do turfe. Também não era raro que entrevistas fossem dadas, ou agendadas, ali mesmo, depois das refeições. E podia ser que alguns jornalistas tivessem informantes entre o pessoal do próprio restaurante, ou do hotel, só que secretíssimos. Pois a discrição se aliava à elegância no Bife de Ouro. De todo modo — talvez chamados por colegas seus de outros setores —, acabaram por chegar ao restaurante, às pressas, alguns jornalistas esportivos, acompanhados de fotógrafos, pois não era todo dia que se encontravam para um almoço dois profissionais de categoria indiscutível — sendo que um deles controvertido —, mas de esportes tão diferentes e pivôs de acontecimentos marcantes, cruciais mesmo, em competições da véspera.

Não que a dupla estivesse a fim de falar à imprensa, mas era bastante possível que quisessem mostrar que não tinham por que se esconder. E é provável que algum jornalista político, ou colunista social, tenha servido à página esportiva do órgão para o qual trabalhava. E a própria sobriedade no comer, de Irigoyen — foram peixe e legumes para manter seu peso de jóquei —, foi destacada, assim como o cardápio mais variado do José Augusto.

Enquanto se tratava de fotografias discretas e à distância, pode-se dizer que nem o Conde nem o Pancho se incomodaram, a princípio; o jóquei, inclusive, porque estava acostumado a ser fotografado em boates e restaurantes, até pelo pessoal da casa, que gostava de ostentá-lo nas paredes como frequentador de seu estabelecimento. E quem estava lá para descrever o encontro pôde dizer que o Pancho sorria, assim como o Conde, trocando entre eles gracejos, em voz baixa, e erguendo pelo menos dois brindes com o vinho chileno Concha y Toro, sabidamente o preferido de Irigoyen. Mas, a partir de determinado momento, quando aquilo começou a chamar atenção demais, com prejuízo até da boa educação, o chileno começou a olhar para os lados, demonstrando irritação, e fez um sinal para o *maître*. Solicitando aos profissionais que parassem com as fotos, o empregado foi obedecido, pois a turma da imprensa gostava de manter boas relações com o pessoal do Copa, local onde sempre se produziam acontecimentos noticiáveis, como, por exemplo, bebedeiras homéricas da atriz Rita Hayworth, quando esta veio ao Rio.

Francisco Irigoyen já falara, naquela manhã, com verve e cortesia, tanto para a rádio Jornal do Brasil como para *O Globo*, jornal que, na opinião de muitos, tinha a melhor página de turfe da imprensa carioca, não bastasse escrever nela Haroldo Barbosa, cujas colunas daquela manhã já vimos.

Falando com uma sintaxe e pronúncia bem particulares, Pancho nem precisou de perguntas para produzir uma narrativa em que dizia que em corridas de cavalos se perde e se ganha e ele cumprimentava Manoel Silva, o Bequinho, por sua notável atuação no dorso de Madagascar. Mas que também ele próprio, Pancho, conduzira Mercúrio, animal delicado, sutil e seu amigo, como tinha de ser, servindo ao cavalo e não abusando dele, no que costumava ser entendido pelos animais. Se houvesse, por exemplo, aceitado aquela disputa suicida pela ponta, após a largada, não teria nem entrado no marcador. "Um craque como Mercúrio não deve sair correndo ao primeiro arranco, como uma barata assustada." Então ele deixara o bicho galopar livremente, com prazer, como se estivesse no campo e, nem por isso, ele, Irigoyen, estivera menos atento, para depois, quando os ponteiros já começavam a dobrar a grande curva, simplesmente transmitir a Mercúrio, com as vibrações do seu corpo inteiro, principalmente as coxas e os joelhos, um alerta, um pouco de ansiedade, "pois o cavalo sente a sua adrenalina, e é aí que o páreo verdadeiramente começa a ficar bom. Mas não podia ser demais e eu soprava em seu ouvido: 'Vamos, vamos, mas com ritmo, isso, isso, Mercurito', e voltei a cantar canções em seus ouvidos, como fizera após a largada, quando os jóqueis param de gritar. Sim, porque às vezes eu canto, depende do animal, e houve um, Bambino, que gostava de tangos meio dissonantes, ha, ha, ha. Mas para Mercúrio eu pensava em cantar algo assim como 'Por una cabeza', de Carlito Gardel, que era como eu imaginava ganhar o páreo. E todos viram como ele veio e se aproximou, e como eu só o trouxe para fora depois da curva, pois senão seria dar-lhe um percurso ingrato. Porém, mais para fora você está mais livre, desimpedido, e quantos páreos já não ganhei assim? Digam-me. Nem eu sei, mas perdi outros tantos, a vida é essa. Se ganhássemos sempre, que graça teria? Mas aquele era um bom páreo, se era! Bom, mas nada fácil, porque os outros cavalos também eram bons, muito bons. Seus condutores também. Marchant, Ulloa, Antônio Ricardo. Não era coisa de amador. É brincadeira? Mas que fiz tudo na hora certa, fiz: apenas Madagascar, como seu jóquei, mostraram uma fibra incomum, guerreira. Ganhar um páreo desses, tomando a ponta já na primeira metade da curva e resistir a todos os ataques, *hombre de Dios*! E, naquele momento, já mais nada de canções, pois a gritaria na geral não permitia. Mas quando comecei a ganhar posições, eu dizia: 'Agora vamos, Mercurito, voa como um Deus alado mensageiro'. E ele voou naqueles últimos metros, como voou, todo mundo viu. Agora todos querem saber, principalmente os que jogaram dinheiro nele: por que não ganhou? Não ganhou porque não se ganha sempre, repito. Mas também ganhei, como não? Não se esqueçam de que matei em cima do disco Veleiro, Ulpiano, Centurião e Vinhedo. Só esses, mais o meu, já faziam um grande prêmio. Nada mau, hem? E ficam dizendo que vim tarde demais. Não, não vim. E se tivesse vindo mais cedo, Mercúrio, que é meio frágil, sensível demais, ficaria lá por trás, no meio do bolo, medíocre. Então vim no momento certo. Todavia, Madagascar, *hombre de Dios*, ninguém, e muito menos eu, poderia imaginar que ele tinha ação, energia, para aquele último lampejo, em cima do disco. E um focinho? O que é um focinho? Tem gente que vem dizer que se eu houvesse usado o chicote, Mercúrio teria ganhado por um pescoço, por uma *cabeza*, como no tango. Esses burros, esses brutos, não entendem nada. Mercurito, o qual montei desde o seu primeiro páreo, se eu tivesse usado o chicote, teria virado a cabeça e olhado para mim, entre magoado e surpreso: 'Mas até tu, Pancho?, ha, ha, ha', numa perda de frações de segundo preciosas, suficiente para me deixar lá pelo sexto lugar, porque num páreo as coisas acontecem muito depressa, e qualquer percalço, já viu. Isso se ele não tivesse me atirado ao solo, com toda a razão", concluiu para a rádio com uma boa risada o Pancho.

Enfim, Irigoyen já dissera, na parte da manhã, o que tinha a dizer e se julgava um profissional acima de qualquer suspeita e no direito de almoçar em paz com o seu amigo. Aliás, como já vimos, um dos proprietários de Mercúrio, Nelson Seabra, não só o havia isentado de toda a culpa pela derrota como o cumprimentara pela direção impecável do cavalo, levando-o a um mais do que honroso segundo lugar para um craque em dia de graça, como Madagascar. Enfim, tudo isso, e quando, no final do almoço dos dois amigos, aproximaram-se dele dois repórteres, um de A *Notícia* e outro de *Última Hora*, o chileno se exaltou. E disso se ficou sabendo por outros jornais. "Mas, meu Deus, não se pode mais nem almoçar em paz!" E tomou o Conde pelo braço, retirando-se do restaurante e do hotel, fora do qual se despediram com um abraço e cada um foi pegar seu carro.

14

Em 1955, a imprensa carioca não estava tão concentrada em poucos jornais como hoje em dia. E, entre tantos órgãos de comunicação, naquela manhã de terça-feira 26 de outubro de 1955, o cardápio ao redor do caso Conde foi diversificado, com sobras para o Irigoyen. Foram matérias, fotos, notas em colunas, insinuações, variando desde a reportagem finamente elaborada de Lélio Teixeira, no *Correio da Manhã*, até a matéria escandalosa, por sua própria natureza, no *Diário Carioca*, que estampou a senhora Bárbara Peixoto tentando agredir o Conde com um jornal e pronunciando aquela frase bombástica. Ainda que pelo diálogo entre a estagiária e o entrevistado ficasse claro que Daisy Batista não era maldosa, a notícia é que era, por si. E também se ficou sabendo, não se sabe como, talvez apenas por dedução, que Bárbara e José Augusto haviam passado a noite juntos, sendo de supor que foi só de manhã que Bárbara, provavelmente advertida por alguém, viu a *Folha de Notícias*, com a foto do Conde dançando com Miss Bonsucesso Primavera. Aliás, a *Folha*, na folga de Alcides Murta na véspera, manteve um discreto distanciamento dos fatos, caracterizando-se mais pela sugestão fotográfica, que era uma foto de bom tamanho do Conde brindando com Irigoyen, na coluna "Gente", com a legenda quase nada maliciosa: "Conde e Irigoyen: brindando no Copa". Mas o simples fato de o *Diário Carioca* ter estampado foto da própria *Folha* não deixava de ser uma publicidade do jornal. Já a *Última Hora*, talvez mostrando que o repórter não perdoara a bronca de Irigoyen, mostrou uma foto dele com o amigo, assim legendada: "Pancho e Conde, alguma comemoração?". Acima da foto, uma pequena coluna, sintetizando as perdas: do pênalti e do páreo. E por aí vai.

Toda a agitação dessa manhã jornalística teve, entre outras consequências, dias depois, a petição de desquite amigável de Luís e Bárbara Peixoto. Comentou-se, fartamente, que o motivo de Luís querer separar-se da mulher foi o mesmo para Bárbara agredir o Conde: excesso de aproximação com o suburbano, sem manter as aparências.

O noticiário foi também a gota d'água para a diretoria do Bonsucesso afastar da agremiação José Augusto Almeida Fonseca — por "não merecer a confiança do clube", assim estava escrito na nota da diretoria divulgada pela imprensa. Não só levaram ao pé da letra a frase do Tigela — "O Conde mete uma bola onde ele quiser" —, mas também disseram que, depois de ter posto a frase em prática, no domingo, almoçara finamente trajado, na segunda, no Copacabana Palace, com um jóquei. Conforme se ficou sabendo — pelo menos meu tio soube —, acusaram também o Conde, durante a reunião, de beneficiar-se de um páreo arranjado. "Mas como", argumentou o Conde indignado, "se eu mandei um amigo meu jogar no cavalo do Pancho?" Esse "amigo", provavelmente, era um *bookmaker*, que recebia apostas pelo telefone, mas isso o Conde preferiu não falar. Também não se aceitava, transpirou da reunião, que o Conde mantivesse relações com uma mulher casada, não pelo fato em si, mas pelas declarações racistas da adúltera, que ofendia toda a juventude leopoldinense.

15

Não se pode continuar falando indefinidamente de matérias, notas, insinuações sobre um mesmo lance, um mesmo jogador, um mesmo jóquei, um mesmo páreo, até porque as corridas prosseguem, o campeonato continua e, no fim de semana seguinte, os dois times de maior torcida do Rio, Flamengo e Vasco, que brigavam pela liderança da competição, venceram seus respectivos jogos, os rubro-negros contra o Bangu, por 2 a 0, e os cruz-maltinos contra o Botafogo, por 3 a 2. E as páginas esportivas dos jornais, naturalmente, deram um tratamento preferencial a esses jogos.

No entanto, um lance dos mais estranhos aconteceu na rodada, envolvendo outra vez o Bonsucesso, em sua partida em seu próprio campo contra o Fluminense. O gol do tricolor, que determinou sua vitória por 1 a 0, ocorreu da seguinte forma. Centro sobre a área do Bonsucesso, o goleiro Julião sobe entre zagueiros do seu time e atacantes adversários e segura a pelota. Depois, em vez de chutá-la para o campo contrário, ou devolvê-la com as mãos para algum companheiro seu, põe a bola no chão e afasta-se, presumivelmente para bater uma falta que o juiz teria apitado. O centroavante tricolor Valdo, conhecido pelos gols espíritas que marcava, chega até a bola e a empurra para as redes, num gol que é validado pelo árbitro inglês Henry Davis. Tremenda confusão, os tricolores comemoram, mas os rubro-anis, a começar pelo Julião, juram que ouviram o apito de *mister* Davis marcando alguma irregularidade no lance. Daí o goleiro ter colocado a bola no chão, para bater a falta. O juiz nega veementemente que tenha apitado e chega-se à conclusão de que, se sopro de apito houve, ele veio da arquibancada, o que não seria motivo para invalidar um gol, dentro das regras.

Tal gol não é ficção e qualquer um pode pesquisar em suas fontes para confirmá-lo. Gol de Valdo contra o Bonsucesso, Teixeira de Castro, 31 de outubro de 1955. E ninguém pensou em acusar o Julião de suborno, até porque seria muita idiotice entregar um jogo tão escancaradamente. Mas a bruxa estava solta em Teixeira de Castro e o Bonsucesso perdeu novamente em seu campo, na semana seguinte, da modesta Portuguesa, por 3 a 1.

Voltou-se, então, a pensar no Zé Augusto, pois se antes já havia torcedores rubro-anis que afirmavam que sua cobrança de pênalti contra o Olaria fora uma obra de mestre porém azarada, agora havia cada vez mais sócios e torcedores do Bonsucesso que defendiam sua volta ao time principal. Só que o Conde fora afastado oficialmente do time, com a chancela do presidente da agremiação, sob aquelas alegações de que não merecia a confiança do clube. O afastamento fora sem prejuízo dos salários, pois não havia amparo legal para não pagá-los. Mas, para agravar a situação, José Augusto, com a honra ferida, fechara a conta em que esses salários eram depositados. E afirmou que jamais poria novamente os pés em Teixeira de Castro nem aceitaria um só cruzeiro do clube.

Mesmo antes que as coisas chegassem a esse ponto, os acontecimentos mais explosivos, da cobrança do pênalti e da insinuação de suborno, acabaram por respingar em São Paulo, onde matérias sobre o assunto foram publicadas na *Folha da Tarde* e na *Gazeta Esportiva* e levadas à mesa do empresário e ex-deputado federal Francisco do Prado Almeida Júnior. Em ambos os jornais, durante três dias seguidos, havia um apanhado do noticiário do Rio sobre o caso Conde. Francisco do Prado acabou por mandar vir a ele os jornais cariocas diariamente e ficou a par de tudo. Isso fora relatado pelo Conde a meu tio, como também o que se segue, e, por sua vez, tais fatos foram relatados por meu tio a mim, que os transcrevo com minhas palavras.

Francisco do Prado era um homem que se orgulhava de manter um nome limpo, mesmo num meio dos mais suspeitos como o político, e de que houvesse transmitido seus valores aos filhos. Ficou furioso com as matérias e com toda aquela controvérsia, mas estava convicto de que seu filho não manchara o nome da família. Mas nem por isso os jornais se comprazíam menos de citar o nome dele, pai, ao falar do filho. E teve de escorraçar jornalistas que queriam colher depoimentos seus sobre uma jogada que ele nem sequer vira, além de não entender de futebol a fundo. Mas vendo as fotos e lendo a descrição da cobrança extravagante do pênalti, pensou, conforme disse ao próprio filho, que fora uma brincadeira bem típica do jovem, que dessa vez se dera mal.

Quando o rapaz decidira ficar no Rio, o pai lhe dissera que preferia que ele não ficasse, mas José Augusto era maior de idade e não havia como impedi-lo. No fundo, o empresário via um lado saudável na distância do filho de São Paulo, longe dos carinhos excessivos da mãe. Mas o fato é que o pai dava uma mesada mais ou menos generosa ao filho. Afinal, ele prometera continuar os estudos e trabalhar como estagiário quando encontrasse um bom escritório de advocacia que o recebesse. Nisso o pai preferiu não se meter, para que não aparecesse como patrono da contratação do filho. E não se importou quando este se matriculou numa faculdade particular — paga por ele, Francisco do Prado.

Francisco do Prado Almeida Júnior não acreditou muito que o filho se esforçaria para conseguir o tal estágio, mas, no íntimo, até se divertia com o modo de ser do José Augusto, alegre, até galhofeiro, sem deixar de ser muito inteligente. Mas o pai não o era menos e usava uma técnica para obrigar o filho a procurar trabalho. A cada mês diminuía um pouco a mesada, de modo que o Zé, de repente, sentisse necessidade de arrumar emprego no Rio ou de voltar para São Paulo.

O empresário não frequentava campos de futebol, mas ouvia todo mundo dizer que o filho era um craque. O futebol não era exatamente a carreira que ambicionava para o jovem, mas admirou-se quando ele foi contratado como jogador profissional e, ainda por cima, o Zé Augusto lhe comunicou que dispensava a mesada e o dinheiro das mensalidades na faculdade. Tornava-se um homem-feito, afinal. Só omitiu que nem ele, Zé, pagaria as mensalidades, pois trancara sua matrícula na faculdade, para não faltar aos treinos. Admirou-se ainda mais o genitor de que o filho, no futebol, usasse o apelido Conde, cognome que Francisco sabia que tinha a ver consigo mesmo, sua estirpe, e sentiu-se *touché*. Também ficou satisfeito de que o filho assinasse com o Fluminense, que era um clube de primeira, futebolisticamente falando ou não. E teve um baque quando foi informado de que o filho fora emprestado ao Bonsucesso, clube sobre o qual ele também se informou. E soube ainda que a razão da transferência haviam sido faltas disciplinares. Aí Francisco do Prado entregou os pontos: não estava tratando com nenhuma criança e, quem sabe, a convivência num clube mais modesto seria boa para o Zé Augusto aprender, Francisco quase repetiu as palavras do técnico do Fluminense, Gradim. E ele soube e achou menos mau que o Zé continuaria a receber o mesmo salário que no Fluminense, portanto provendo bem a sua subsistência.

Mas quando aconteceu o tal lance do pênalti, o empresário leu, no meio de tantas notícias desagradáveis e desgastantes, que o filho gozava de uma amizade bastante próxima com Francisco Irigoyen. Quando fora proprietário de alguns cavalos de corrida, no Rio, Francisco do Prado Almeida Júnior travara relações com o bridão chileno, que ele considerava não apenas o maior jóquei em atividade no Brasil, como um homem cultivado e de caráter, apesar de brincalhão, como o próprio José Augusto. Achava boa uma influência que Pancho Irigoyen pudesse ter sobre o seu filho e então, curiosamente, um jóquei funcionava como fiel da balança a favor do José Augusto. Que o filho estivesse apostando nos cavalinhos? Ora, fora ele mesmo, o pai, quem o iniciara no turfe e até o apresentara ao Pancho.

Francisco do Prado teve um verdadeiro estalo: devia parar de controlar o filho, ainda que mentalmente, para o bem de ambos, embora não deixasse de reconhecer que o amava e muito.

Mas a notícia de que o José Augusto deixara de merecer a confiança do Bonsucesso exasperou o empresário. Melhor — e digno dele — foi que o Zé Augusto fechara a conta dos salários, com altivez, mas ainda era pouco. E o Fluminense nessa história toda? Francisco do Prado reassumiu sua condição paterna e achou que era mais do que hora de o advogado entrar em ação. Pegou o telefone e ligou para o filho, num telefonema que pode perfeitamente ter transcorrido assim:

Francisco do Prado perguntou ao filho como iam as coisas e o José Augusto — que não imaginava o pai tão bem informado daquele caso tormentoso — disse que as coisas iam bem. Mas

não passou despercebido a Francisco um certo tom tristonho na voz do Zé, o que não era normal nele.
— E a vida de jogador, como é que vai? — ele perguntou como se não soubesse.
— Não vai mais.
— Não vai como?
— Deixei o clube, pai.
— Olha, Zé Augusto, estou precisando mesmo ir ao Rio e quero te ver. Vou pegar um avião hoje à tarde. Precisamos conversar.
José Augusto sentiu que estava precisando de um pai e ficou comovido.
— Vou te esperar no aeroporto, pai, me liga dizendo em que avião vai chegar?
— Está certo, filho, sua mãe manda lembrança e está querendo ir também, mas eu disse que você virá comigo a São Paulo. Não diga não, meu filho.
— Está certo, pai.

O abraço de pai e filho no Aeroporto Santos Dumont foi apertado, com direito a tapa nas costas. Ambos estavam muito emocionados e disfarçaram. José Augusto fora ao aeroporto de táxi, para não constranger o pai, que sempre vestia terno, a andar na sua baratinha vermelha. Durante o trajeto até o Hotel Glória, onde o pai se hospedaria, evitaram qualquer assunto sério, para não serem ouvidos pelo motorista. Mas na hora de descerem em frente ao hotel, o motorista também desceu para pegar a mala e disse ao José Augusto:
— Foi um lance e tanto, hem, Conde?, aquela cobrança do pênalti.
— Obrigado — disse o José Augusto —, mas você não é Botafogo, é?

— Não, sou Flamengo.

E Almeida pai já naquele momento teria pensado que o filho não poderia permanecer no Rio, pois o lance controvertido nunca seria esquecido, assim como o apelido Conde.

Durante três horas e meia, antes, durante e depois do jantar, o José Augusto narrou ao pai todas as peripécias de sua vida futebolística, desde a praia, culminando, como não podia deixar de ser, com as sutilezas e minúcias da cobrança do pênalti e as reações subsequentes. Também contou sobre o baile e o acesso de raiva da amante. O pai não pôde deixar de rir, pois gostava de reconhecer no filho a própria juventude, mas aprovou que tivesse chegado ao fim o caso com Bárbara Peixoto, a mulher do esgrimista, sem deixar cicatrizes.

— Se você continua com ela, já desquitada, ela infernizará sua vida.

E Francisco chegou a aplaudir, sem som, quando o filho contou o que ele já sabia mas era bom confirmar: que se recusava a receber qualquer remuneração do Bonsucesso Futebol Clube.

— Mas não basta — disse o empresário. — Você vai assinar para mim uma procuração me constituindo seu advogado e me concedendo plenos poderes para efeito de rescisão de contrato para a prática do futebol, pois vou dar uma lição nesses caras.

Francisco do Prado Almeida Júnior foi primeiro à sede do Bonsucesso, com reunião marcada com o presidente da agremiação. E não foi difícil convencer este último a receber de volta toda a remuneração paga pelo clube ao José Augusto. Em troca só exigia uma declaração de que seu constituinte defendera o clube com eficiência e honradez. Ora, o Bonsucesso era um time pobre e não se fez de rogado, aceitando o acordo em todos os seus requisitos. Assim os dirigentes também se livravam de uma desconfiança de terem cometido uma injustiça com o Conde.

— Mas e o nosso contrato com o Fluminense? — objetou, preocupado, o presidente do clube.

— O Fluminense deixa também comigo — disse Francisco do Prado.

O advogado então marcou reunião com o diretor de futebol do Fluminense. Quando revelou o seu nome, o diretor de futebol tricolor teve de conter-se para não se mostrar impressionado, não porque reconhecia no interlocutor o pai do José Augusto, mas porque Francisco do Prado Almeida Júnior deixara no Rio um nome como político honesto, combativo e conservador, e, como advogado, atuara em inúmeras causas de grande repercussão. A um ponto tal que o diretor houve por bem chamar o presidente do clube para estar presente à reunião. "E tudo isso pelo Conde", ouço a voz de meu tio narrando.

Entretanto, a proposta de acordo de Francisco do Prado parecia até simplória. Apenas reivindicava a liberação do passe do José Augusto Almeida Fonseca, o Conde, sem ônus para as partes, e desde que — ele entendia bem o interesse do clube — o profissional não assinasse contrato com outro clube, no Rio, em outro estado ou país.

Ora, o departamento jurídico do Fluminense era considerado o melhor do Rio, em matéria de legislação esportiva, e achou a proposta para lá de razoável, só objetando que:

— Mas isso não será inconstitucional?

— Um acordo entre cavalheiros não precisa de Constituição — disse Francisco. — Só me deem vinte e quatro horas para consultar meu constituinte.

José Augusto concordou com tudo, pois não tinha mais nenhuma vontade de jogar num clube profissional, cujo regime ele comparava com o da escravidão.

Depois da rescisão sacramentada, José Augusto, para agradar ao pai, conseguiu marcar um jantar dos dois com Francisco Irigoyen, num restaurante agradável. E o fotógrafo de jornal que os flagrou, captou-os dando risadas discretas. A fotografia saiu numa coluna do *Jornal do Brasil*, legendada apenas com os nomes do trio, sem comentários. Que cada leitor pensasse consigo mesmo do que estariam eles rindo. De jogadas do Zé Augusto, Conde? De páreos memoráveis vencidos com picardia pelo bridão chileno? De causas ganhas pelo advogado? Pode-se também pensar que riam, principalmente, do último acordo firmado pelo causídico, que, para quem o lesse com atenção, como aconteceu aos poucos com os jornalistas, equivalia a uma declaração do Fluminense Futebol Clube de que tinha em tão alta conta o valor do Conde, que não o admitia jogando por outro clube.

16

Após viajar para São Paulo com o pai, José Augusto voltou ao Rio mais ou menos um mês depois, a fim de rescindir seu contrato de aluguel, pegar sua documentação na faculdade e tomar outras providências, permanecendo na cidade por uns quinze dias, num dos quais convidou meu tio para jantar.

Dos assuntos que conversaram à mesa, meu tio me contou os mais interessantes, embora deixasse passar alguns meses, quando o campeonato carioca já terminara, para revelá-los plenamente, mesmo assim me pedindo o maior sigilo quanto a certos fatos cruciais, ao que correspondi, até porque me sentia importante por guardar segredos de um craque, que mandou lembranças para mim e meu irmão. E não creio estar traindo o Conde nem meu tio, este há muito já falecido, ao tornar públicas certas revelações, passados cinquenta e sete anos delas, quando já não podem causar dano a ninguém. Ao contrário, penso que o conhecimento desses fatos, como foram narrados, pode contribuir para a reflexão sobre a natureza relativa das ações e verdades humanas. E é interessante pensar que também foram precisos muitos anos para que eu encontrasse uma linguagem adequada a toda esta história.

Num gesto que foi muito apreciado, pois já trazia em si uma significação das mais corteses, José Augusto chamou meu tio para comer no mesmo restaurante para o qual fora convidado quando da sua descoberta no futebol de areia. Era um estabelecimento que não existe mais, chamado Coral Azul, pequeno, íntimo, de uma elegante simplicidade, localizado numa casa na rua Xavier da Silveira, em Copacabana, e pode ter pesado também na escolha do Conde o fato de que dispunha de duas varandas no segundo andar, com uma mesa em cada, boa para quem quisesse manter a privacidade de uma conversa. E o Conde reservou uma dessas mesas.

É claro que não posso reproduzir fielmente, tanto tempo depois, as palavras que meu tio usou para narrar o que se falou no restaurante, nem a ordem exata em que os assuntos foram abordados, mas por tudo aquilo de que tomei conhecimento, o jantar transcorreu mais ou menos assim:

Zé Augusto falou de sua saudade do Rio, mas que aqui não estava podendo nem bater uma bola na praia sem que os seus amigos brincassem com o lance do pênalti e da amante. Fora o fato de que ele virara quase uma celebridade, o que muito o incomodava. Em São Paulo, ele ainda estranhava trabalhar de terno e gravata num escritório de advocacia, mas, pelo menos, recuperara a paz de espírito. E a verdade era que um Olaria e Bonsucesso, mesmo com o Botafogo interessado, tinha para os paulistanos a mesma importância que um Juventus e Jabaquara para os cariocas. E não havendo quem o chamasse de Conde na capital paulista, era como se ele tivesse mudado de identidade.

Mas — acrescentou o Conde — ele não podia ir embora do Rio sem se despedir de meu tio e sentia muito não ter correspondido ao que este esperava dele como jogador do Fluminense e até do Bonsucesso, mas é que o futebol profissional não era mesmo a sua vocação. Sentiria mais ainda se as confusões em que se metera tivessem causado aborrecimentos a meu tio, pois todo mundo sabia que fora ele, Luiz, que o levara para as Laranjeiras.

Meu tio respondeu que de forma alguma se arrependia de sua indicação para o Fluminense, e que para os que apreciavam o futebol-arte, ele, José Augusto, havia proporcionado lances da mais fina técnica, com as duas camisas que vestira, não importava se em treinos, jogos dos profissionais ou de aspirantes. Isso para não falar das boas molecagens — e meu tio deu uma risada.

— Aquela da Vênus de Milo, então, foi antológica. E o enterro da tia? Só você mesmo, Conde, para marcar um encontro no cemitério. Por falar nisso, se não for indiscrição minha, não vai sentir saudades da namorada? Eu soube lá no clube que ela e o Peixotinho se separaram e estão se desquitando.

— Nada, Luiz, está tudo mudado. E acho que só tinha graça porque era proibido.

José Augusto ficou pensativo por um instante e, como se sentisse falta do Conde, o verdadeiro Conde, desatou:

— Noite igual àquela do cemitério nunca mais, hem, Luiz? — ele deu um tapinha no ombro do meu tio.

Os dois caíram na risada, mas, voltando a ficar sério, o Conde disse:

— Mas de fato eu fiquei chateado com o que aconteceu aquele dia em frente ao meu prédio. Não por causa da agressão, embora a última coisa que eu precisasse naquele momento fosse de um escândalo, mas porque a Bárbara chamou a moça da foto de mulata suburbana e isso saiu no jornal. E eu jogando, pelo menos até aquele dia, num clube de subúrbio. Já imaginou o que meus companheiros devem ter pensado?

— Ela falou num momento de raiva — disse meu tio.

— Está certo, mas foi racista e emproada. E a garota lá de Bonsucesso, a Elisete, tão engraçadinha em vestido de baile, ela não merecia. Mas, enfim, são águas passadas. E você nem imagina o que a Bárbara vai fazer, agora que está completamente livre.

Meu tio fez um ar interrogativo.

— Vai estrelar um filme — revelou o Conde. — Ela me contou isso há uns dez dias.

— Não vai me dizer que é uma chanchada da Atlântida?

— Nada disso. Um filme da Vera Cruz, adaptado de um conto de Machado de Assis. "A cartomante", você conhece?

— Sim, é ótimo, você já leu? — meu tio perguntou, cauteloso, por se tratar, o seu interlocutor, de alguém que até bem pouco tempo fora jogador de futebol, apesar de um jogador muito especial.

— Li, é claro, e até reli agora por causa do filme. É mesmo ótimo. E a Bárbara tem vinte e oito anos, quase a idade da Rita, a protagonista da história, que tem trinta. O marido e o amante dela vão ser interpretados, respectivamente, pelo Anselmo Duarte e pelo Jardel Filho. Espero que dê tudo certo. A Bárbara está entusiasmada. Seu nome de atriz será Maria Estela Campos, ela não quer que as pessoas a identifiquem pelo passado. Não sei se vai conseguir, porque também entrará como coprodutora do filme. Parece que, com o desquite amigável, ficará com metade dos bens do esgrimista, já que eles não têm filhos. Mas não quero pensar o pior. Que a Bárbara foi escolhida para o filme pelo dinheiro. Ela deu a entender, também, que está iniciando um namoro com o diretor, um tal de Alberto Torres. Também é novato no cinema.

— Você não ficou chateado?
— Nem um pouco. O nosso caso já estava acabado de todo modo. Vida nova para os dois. Aí eu desejei toda a felicidade do mundo para ela. Nós estávamos num restaurante e decidimos ficar juntos uma última vez. E fomos a um hotel. Até que foi bom e intenso, a gente sabendo que era a despedida.

O Conde fez uma pausa, com um ar nostálgico.

— Você vai fazer falta, José Augusto — meu tio disse.

— Vamos ver se você ainda continua pensando assim, depois de ouvir o que tenho para lhe contar. Pois eu estou aqui para me despedir, mas também para me explicar. Não posso voltar para São Paulo sem lhe contar direitinho o negócio do pênalti e vou lhe pedir sigilo absoluto. Você não apenas me apadrinhou no futebol, como me defendeu como um bom amigo no *Correio da Manhã*. Então merece saber o que realmente aconteceu, ponto por ponto. E depois que me julgue.

Meu tio disse que estranhou aquele preâmbulo solene, mas retrucou:

— Que é isso, Zé Augusto? Eu confio totalmente em você. Não precisa me explicar nada. O que houve foi excesso de preciosismo. Mas foi um lance fabuloso.

— Bom, nesse ponto você tem razão — o Conde riu, apesar de meio nervoso. — Mas aconteceram coisas que você não sabe.

Meu tio me disse que acendeu uma luz de alerta em seu cérebro, indicando que talvez houvesse mesmo algum ponto obscuro naquele caso, que ele desconhecia. Limitou-se a olhar bem nos olhos do Conde, que lhe devolveu o olhar com a mesma seriedade. E o Conde disse:

— Eu fui mesmo procurado por gente do Botafogo. Quer dizer, recebi um telefonema em minha casa, à tarde, na sexta-feira, depois do treino em que passei para o time titular, quando o Geraldo sentiu a coxa. Engraçado que eu estava tão descompromissado com aquele jogo que, na antevéspera, tinha ido à coroação da Miss Bonsucesso Primavera. Foi o próprio diretor social do clube que me pediu que fosse, para abrilhantar o acontecimento, segundo suas palavras, pois eles haviam pedido aos titulares que dormissem cedo. O diretor pediu até que eu tomasse um táxi e fosse em casa pegar pelo menos um paletó. Eu continuava não indo ao clube com o meu carro, ainda mais jogando no aspirante, seria um acinte. Mas, voltando ao treino, o pessoal do Botafogo devia ter um informante lá, pois o treino era aberto ao público. Ou eles podem ter escutado no rádio a notícia de que eu ia jogar. Houve até aplausos quando vesti a camisa titular, pois eu vinha me destacando no aspirante e tinha gente que me queria no time de cima. E mandaram eu me concentrar com os titulares num hotel, a partir de sexta, no início da noite. A festa havia sido na quinta. E foi então que, no meio da tarde de sexta, recebi aquele telefonema. O sujeito do outro lado da linha disse que tinha uma boa proposta a me fazer. "Que proposta?", eu perguntei, desconfiado, mas querendo dar corda ao cara. "Ah, um incentivo para o jogo de domingo", ele disse. O sujeito era espertinho e nem tocou no nome do Botafogo. Quando eu perguntei em nome de quem ele falava, ele disse: "Do Olaria". E riu. Era evidente que o Olaria não tinha um interesse maior no resultado daquele jogo, além do esportivo, e tentei, ingenuamente, saber o nome do sujeito. "Ah, José da Silva, um olariense fanático. Você acha meu nome no catálogo telefônico." Aí ele deu uma risada para valer. Foi nessa hora, diante do deboche dele, que uma ideia começou a se formar na minha cabeça.

— Que ideia? — meu tio perguntou, àquela altura já bem incomodado.

— Fingir que estava interessado na proposta dele — disse o Conde.

Meu tio se aprumou na cadeira, pôs o guardanapo na mesa

e disse que chegou a aproximar a mão do bolso interno do paletó, em que guardava a carteira, pois o primeiro impulso que lhe veio à cabeça foi pagar a conta e ir embora.

— Olha, José Augusto, não quero saber mais nem um pouquinho dessa história, pois se houver alguma coisa concreta serei obrigado a denunciar a trama toda. É a própria lisura do esporte que está em jogo.

José Augusto também aprumou seu corpo e ele e meu tio ficaram bem próximos um do outro, cara a cara. Meu tio disse que nunca o vira assim tão nervoso, embora falasse baixo, para não chamar a atenção de outros fregueses do restaurante.

— Se você puser dinheiro nessa mesa, quando fui eu quem o convidou, e for embora, será pior do que o meu inimigo: será o meu carrasco. Se estou lhe contando esta história toda é porque ela está entalada na minha garganta e a única pessoa com quem achei que podia me abrir, tirando o Irigoyen, foi você. Nem para meu pai eu contei alguma coisa, entendeu? Pois ele poderia não entender as minúcias desta história tão diabólica. E, para falar a verdade, estou muito inseguro. Nunca precisei tanto de um amigo quanto agora. Você não disse que confiava em mim? Pois confie agora, porque uma coisa eu lhe garanto: não entreguei a vitória de jeito nenhum, pelo menos de propósito.

As lágrimas brilhavam nos olhos do craque e meu tio me confessou que, se alguma vez na vida simpatizara tanto com um homem, esse homem fora o Conde. Ambos tornaram a se acalmar nas cadeiras e o Conde voltou à sua história sobre o estranho caso de aliciamento em que esteve envolvido e sua relação com a cobrança do pênalti.

— Eu queria dar trela ao sujeito, para ver se descobria quem ele era e até onde ia. Eu perguntei ao homem quanto eles queriam me oferecer. Ele respondeu: "Trinta mil cruzeiros em caso de empate. Cinquenta mil em caso de derrota do Bonsucesso.

Se ficar claro que você nos ajudou". "É lógico", eu disse — disse o Conde. — "Mas quem garante a sua palavra, pois o Olaria é um time pobre?" Bem, como era comum, nesses casos, o aliciador se dispunha a pagar ao aliciado uma parte do dinheiro antes do jogo. E essa parte era de quinze mil cruzeiros. O restante viria depois, se eu fizesse jus a ele. "A gente deixa o dinheiro com quem você quiser, ou na conta que indicar, pois você estará concentrado, nós sabemos", foi o que o sujeito disse. Agora vou lhe contar uma coisa, Luiz — disse o ex-jogador. — Vontade eu até tive, de tomar dinheiro do cara ou dos caras, mandar que depositassem a quantia, por exemplo, na conta do Abrigo Cristo Redentor, uma obra assistencial que meu pai sempre ajudou, e depois traí-los no jogo. Mas, além do fato de que ele iria desconfiar de que um jogador se vendera para fazer caridade, você acha que eu sou louco para tocar, seja lá como fosse, num dinheiro desses?

Meu tio disse aliviado:

— Claro que não. Mas por que você não bateu o telefone na cara do sujeito? Podia também ter procurado a diretoria do seu clube ou a imprensa.

— Veja bem, eu não sabia com quem estava falando, nem de onde ele ligava. Podia ser até um trote. O que eu ia dizer à imprensa ou no clube? Que o Botafogo estava me fazendo uma oferta para entregar o jogo? E no Botafogo eles iam negar tudo, é claro, até porque podia ser apenas um botafoguense, ou dois, e não o clube. E eu sou um jogador tido como irresponsável. Não estava nem certo da minha escalação, pois o Geraldo podia melhorar do problema na coxa. A direção do Bonsucesso podia até me tirar do jogo, a qualquer pretexto, e aí eu ficaria mal de verdade, porque isso mostraria que não confiavam em mim. E eu queria mais do que nunca jogar, depois daquela proposta que me ofendia. Queria jogar muito bem para dar uma lição nos caras. Mas havia uma coisa que me intrigava: por que eles tinham escolhido logo eu? Foi o que eu perguntei ao sujeito e disse mais: disse que um jogador de ataque não podia garantir o resultado de um jogo, mesmo que atuasse pessimamente. Pois era só a defesa jogar muito bem que pelo menos o empate estava garantido. E o Bonsucesso tinha também um meio de campo e um ataque bons. Aí ele me encheu de confete. Disse que eu era um craque, o melhor jogador dos vinte e dois que estariam em campo. Se me neutralizassem, já estava ótimo. E que eles haviam me escolhido também porque sabiam que eu não ligava muito para futebol.

E o Conde prosseguiu:

— Aí eu disse para o sujeito que era para que ele e os da sua turma observassem bem a minha atuação e, depois do jogo, julgassem se eu merecia o dinheiro. O cara ficou desconfiado, é claro. Perguntou como eu ia querer o pagamento. E eu disse: depois do jogo você me telefona e a gente conversa. O que você achou da minha atuação, Luiz?

— Boa, muito boa. Cansou no segundo tempo, mas jogou muito bem no primeiro, dando aquele passe de mestre para o gol do Jair Francisco. E também quase marcou o seu, naquela bola que passou rente ao travessão. E, mesmo no segundo tempo, teve uma participação decisiva, se deslocando e levando com você o zagueiro, no lance que resultou no pênalti.

— Pois é, mas aí eu fui cobrar daquele jeito. E agora você vai entender por quê, se é que já não entendeu. Eu queria que os caras que estivessem por trás daquela tentativa de suborno percebessem que eu bati aquele pênalti para eles, gozando a cara deles, marcando um gol de mansinho, com a bola quase parando, para prender a respiração deles e do estádio todo. Já pensou na festa dos que torciam pelo Bonsucesso, os risos, se a bola tivesse entrado? Posso até dizer que era a bola da minha vida, e aí deu no que deu. Confiei demais no meu taco, Luiz, e agora acabou-se o Conde e existe só o José Augusto. A vida me deu uma lição, não se pode brincar o tempo todo. Mas de uma coisa você pode ter certeza, não traí a sua confiança, nem a do pessoal do Bonsucesso. Mas pequei, sim, pequei por soberba. E os botafoguenses que estavam por trás daquele negócio acabaram conseguindo o que queriam.

— Não se torture tanto, José Augusto. O que valeu foi sua intenção e o empate não foi um mau resultado para o Bonsucesso, jogando fora de casa. Mas me diga uma coisa, alguém do Botafogo lhe telefonou depois do jogo?

— Telefonou, sim. Na noite daquele domingo mesmo, quando eu estava em casa chateado, antes de ir afogar minhas mágoas com a Bárbara. Mas ela não suporta futebol e quem me consolou mesmo foi o Irigoyen, para quem telefonei logo depois. E marcamos aquele almoço para o dia seguinte. No vestiário eu disfarçara, mas agora o peso da minha bobagem caía todo sobre mim. Mas nesse novo telefonema era outra voz, de um sujeito mais fino, educado, cheio de manhas. E ele disse: "Gostei, Conde. Há muitos anos frequento futebol e nunca vi um lance assim. Um pênalti batido tão de mansinho. Mas ouvi suas declarações no rádio do meu carro, quando deixei o estádio, e não estou muito certo do que você quis fazer, nem de que vai querer o dinheiro, vai?".

— Mas que sujeito ardiloso, hem? — disse o meu tio. — Deve ter sido o cabeça do negócio. Quem será ele? O Carlito Sodré não pode ser, pois saiu do estádio fazendo fanfarronadas. Parece até que havia bebido. Mas é capaz de ele ter ouvido falar numa possível tramoia.

— Bem, não tenho a menor ideia de quem era — disse o Conde. — Mas sabe o que mandei ele fazer? Enfiar o dinheiro no rabo. E disse que só não marquei o gol por muito azar. Mas o sujeito não se amofinou e disse: "Não é preciso perder a linha, Conde. Não duvido de você e, no fundo, fico até satisfeito com a sua honradez, pois aprecio muito o futebol bem jogado. E você jogou até muito bem, embora tenha cansado na metade do segundo tempo, como sempre. Mas uma coisa você vai ter de reconhecer. Perdeu o pênalti por nossa causa. Nós conseguimos provocá-lo. Sabemos que você é meio maluco, mas, se não fosse por nossa causa, não ia enfeitar tanto a cobrança de um pênalti, só para nos irritar". E aí o cara deu uma risadinha e desligou o aparelho. E o pior é que ele tinha razão.

Meu tio disse que os olhos do Conde brilharam de novo e que foi um custo controlá-lo, mas que acabou conseguindo convencê-lo de que tudo não passava de uma grande ironia da vida. E que o lance, apesar do seu desfecho, fora bonito demais, e o Bonsucesso continuava com boas chances de chegar ao terceiro turno.

A partir daí, não sei o que conversaram, mas sei muito bem que, segundo o meu tio, na hora de se despedirem, o Conde falou:

— Dê lembranças a seus sobrinhos. Espero não tê-los decepcionado.

— Tenho certeza que não — disse meu tio.

Depois o Conde pagou a conta e, na saída do restaurante, se abraçaram e cada um caminhou para pegar seu carro. Meu tio disse que, ao contemplar o carro do José Augusto dobrando a esquina da avenida Atlântica, reparou que as ondas estavam estourando altas, o mar estava de ressaca. E que esse mar de Copacabana estaria para ele, Luiz, sempre associado à carreira meteórica do Conde.

EPÍLOGO

José Augusto do Prado Almeida Fonseca, o Conde, protagonista desta história, conviveu nela com alguns personagens reais, vivendo, evidentemente, situações fictícias.

Carlos José Castilho, duramente exigido pelo Conde em seu primeiro treino no Fluminense, é considerado o maior goleiro tricolor de todos os tempos e um dos maiores do Brasil, tendo sido bicampeão do mundo em 1958 e em 1962, como reserva de Gilmar. Algumas vezes consegui, junto com outros garotos, penetrar no gramado do estádio em Laranjeiras, durante treinos, e postava-me atrás do gol defendido por Castilho, que treinava entre os reservas para ser mais exigido pelo ataque titular. Entre outras coisas, lembro-me nitidamente da sua voz, nos advertindo para sair dali, por causa do risco de levar boladas que podiam nos machucar. O simples fato de Castilho me dirigir a palavra já me deixava orgulhosíssimo. Castilho era meu ídolo e eu o achava, inclusive, bonito, do que minha mãe discordava.

Realizado profissional e financeiramente, tanto como jogador quanto como técnico, ganhando milhares de dólares na Arábia Saudita, cuja seleção treinava, nada disso impediu que Castilho pulasse para a morte da varanda do apartamento de sua primeira mulher, de quem era amigo, no dia 2 de fevereiro de 1987, às vésperas de voltar para a Arábia, deixando consternados milhares e milhares de torcedores do Fluminense e até de outros clubes. Segundo a revista *Placar* de 16 de fevereiro de 1987, no jogo seguinte do Fluminense no Maracanã, contra o Criciúma, trinta mil torcedores o homenagearam não com um minuto de silêncio, mas com sessenta segundos de aplausos emocionados.

Francisco (Pancho) Irigoyen, chileno, era admirado por todos os turfistas das décadas de 1950 e 1960 como um dos jóqueis de maior categoria que atuaram no Hipódromo da Gávea e no Brasil. Segundo matéria de Paulo Gama no *Jornal do Brasil* (infelizmente a data não consta do recorte do *JB* que guardei), "Irigoyen era o mais boêmio, carismático, entre os profissionais do turfe. Cálculo de corrida irrepreensível, frio e irônico, conduzia os cavalos do Stud Seabra com a mesma elegância com que degustava um vinho Concha y Toro. Era uma época de vida noturna agitada, mulheres bonitas e convívio social intenso com artistas e intelectuais. Desapareceu misteriosamente num possível sequestro como queima de arquivo. Nunca ficou provado o envolvimento com traficantes".

Devo acrescentar que, conforme a revista *Placar* de 29 de junho de 1984, Pancho foi sequestrado, junto com seu sobrinho, na Sexta-Feira Santa, 20 de maio do mesmo ano, por homens que pareciam policiais e o mandaram, e ao sobrinho, entrar num carro, em Copacabana, conforme testemunhas. A revista dá até os nomes dos policiais Peninha e Franklin, por causa de uma possível e acidental confusão numa guerra entre quadrilhas de traficantes. E o certo é que nem ele nem o sobrinho jamais voltaram a aparecer.

Pedi a um amigo meu, tratador de cavalos na Gávea, que tentasse levantar entre os profissionais do hipódromo a morte do bridão chileno, e ele não encontrou resposta.

A personalidade de Pancho Irigoyen pode ser medida pela resposta que deu aos que lhe perguntaram por que não usara o chicote na legendária égua Tirolesa, num Grande Prêmio Brasil de 1951, em que Tirolesa era a favorita e acabou perdendo para o cavalo argentino Pontet Canet. Respondeu o Pancho que tratava Tirolesa como uma senhora e não se bate numa senhora. "Domingos Ferreira venceu com ela um ano depois o mesmo GP Brasil porque a tratava como mulher de malandro."

Luiz Andrade, vivendo fatos ficcionais nesta novela, foi meu tio materno de verdade. Tricolor fanático e jornalista esportivo, foi várias vezes diretor do Fluminense, levando a mim e meu irmão para ver treinos do tricolor e os jogos de juvenis, aspirantes e profissionais em todos os campos do Rio de Janeiro, hábito que eu e meu irmão Ivan conservamos por longo tempo. Muito simpático, mulherengo, inteligente, gozador, era adorado pelos jogadores, o que nos permitia conversar com alguns deles como Bigode, Didi e até o técnico Gradim, grande praça. Com Luiz, várias vezes estivemos no vestiário dos jogadores do clube. Difícil, muito difícil, fazer colegas de colégio acreditarem que havíamos conversado com Didi na hora do almoço num dia de jogo. E quando falo em conversar, é conversar mesmo, pois Didi, com sua elegância dentro e fora de campo, se dirigia a nós e nos ouvia, como se dialogasse com adultos. Também como se fôssemos adultos, meu tio nos contava os mínimos detalhes de sua vida amorosa e sexual. Com ele aprendemos o que em nossa casa jamais era mencionado.

Luiz Andrade, como uma predestinação, morreu fulminado por um ataque cardíaco quando subia a rampa da arquibancada do Maracanã, na quarta-feira 3 de dezembro de 1975, para assistir a um Fluminense e Palmeiras pelo campeonato nacional. Treinado pelo então técnico Didi, o time tricolor, que tinha em sua formação, entre outros, Rivelino, Paulo Cézar Caju, Edinho e Félix, venceu por 4 a 2 numa atuação memorável, que meu tio não pôde presenciar.

No jogo seguinte do tricolor, no Maracanã, foi respeitado um minuto de silêncio pela morte dele, Luiz Andrade, que foi velado com uma bandeira do Fluminense sobre o corpo.

Nota: No ano de 1955, a maioria das pessoas do sexo masculino, inclusive atletas, jogadores de futebol, fumava, até mesmo nos estádios antes de entrar e depois de sair de campo. Mas seria extremamente enfadonho para o autor e leitores desta novela colocar seus personagens acendendo e apagando cigarros a todo momento. Então preferiu o autor ignorar o fumo durante a ação de sua história, com exceção de apenas uma vez.

ESTA OBRA FOI COMPOSTA PELO GRUPO DE CRIAÇÃO EM ELECTRA E
IMPRESSA PELA PROL EDITORA GRÁFICA EM OFSETE SOBRE PAPEL PÓLEN SOFT
DA SUZANO PAPEL E CELULOSE PARA A EDITORA SCHWARCZ
EM SETEMBRO DE 2012